L'étrangleur du lac

Pierre Boutillon

L'étrangleur du lac

Roman

LE LYS BLEU
ÉDITIONS

ISBN : 979-10-377-9416-1

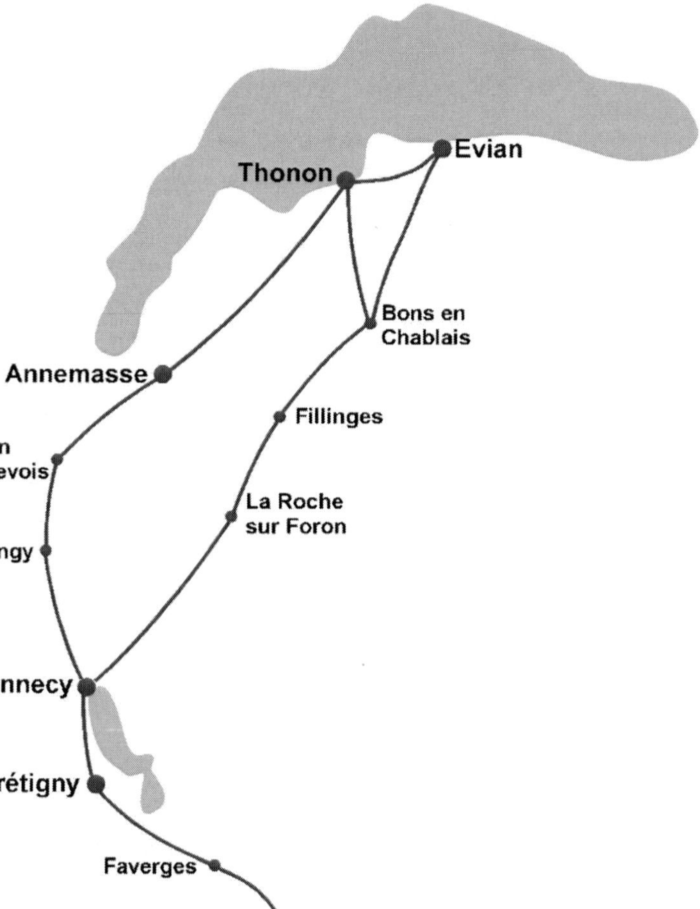

Evian
Thonon
Bons en
Chablais
Annemasse
Fillinges
St Julien
en Genevois
La Roche
sur Foron
Frangy
Annecy
Frétigny
Faverges
Albertville

Huit ans plus tard…

Après avoir franchi trois portes barreaudées munies de multiples serrures que son accompagnateur referme et verrouille soigneusement derrière eux, Henri débarque enfin dans le sas de sortie. L'ambiance change radicalement : le jaune supplante le gris sur les murs, le carrelage succède au béton, les barreaux ont déserté la fenêtre. L'ébauche d'une douce transition entre l'intérieur et l'extérieur. Un autre gardien l'attend :

— Alors, Desroches, c'est le grand jour ?

Un haussement d'épaules pour seule réponse. Henri, la trentaine, grand, costaud, une carrure d'athlète, les cheveux châtains, le nez un peu busqué, respire la santé, seul un léger embonpoint dément partiellement son allure sportive. À cet instant précis, il est ailleurs ! Le maton installe une imposante caisse en plastique noir sur le comptoir et en extrait, un à un, divers objets :

— Un trousseau de clés, une clé de voiture, deux photos, un portefeuille, une carte d'identité, un permis de conduire, un paquet de Marlboro entamé, un briquet, soixante-douze euros et vingt centimes, un mouchoir, une carte bancaire, un chéquier. Des vêtements soigneusement emballés dans un fin sac plastique complètent l'inventaire.

— Vous êtes d'accord, Desroches ?

Sans mot dire, Henri signe le document tendu par le gardien. Les clés disparaissent dans sa poche, l'argent aussi, les papiers d'identité à l'intérieur du blouson. Il ausculte les Marlboro, les jette négligemment sur le comptoir ; huit ans après, elles sont pourries. Le briquet fonctionne encore, il le conserve, de même que le mouchoir et les deux photos. Il abandonne les vêtements dans la caisse.

— On y va ?

Le gardien précède à nouveau Henri. Un dernier couloir, une dernière porte blindée et, enfin, une petite ouverture, au centre d'un immense battant gris. Henri hésite à la franchir. De l'autre côté, le monde extérieur, la verdure, les arbres qui ondulent mollement avec le vent, le ciel enfin libéré du quadrillage imposé par le filet de protection. Ce monde hostile, inhospitalier, empreint d'injustices, de relégations, de peurs. On appelle ça la liberté, mais quel drôle de mot, mis à toutes les sauces : la liberté de se faire renverser par une voiture, attaquer pour un téléphone portable, poignarder pour un regard jugé trop appuyé. Oui, Henri craignait terriblement le franchissement de cette porte, qui le priverait définitivement de la petite vie insouciante et tranquille menée en prison.

Passées les premières semaines de brimades dégradantes, d'invectives ordurières, de pressions délétères, Henri y avait trouvé sa place. Les quinze années auxquelles il était condamné constituaient un solide passeport auprès des autres détenus. Au sein de l'univers carcéral, quinze ans, ça se respecte ! Probablement détenteur de la plus longue peine de tous ses congénères taulards, la chance le favorisait : une cellule à seulement deux lits, et un codétenu avec lequel des liens étroits furent tissés. Arrivés presque en même temps dans cette prison de Savoie, Didier et lui avaient très vite sympathisé. Didier en avait pris pour huit ans : faux, usage de faux, extorsion de fonds, menaces de mort… Et encore, Henri supposait qu'il ne lui avait pas tout avoué. Mais, en cabane, on ne pose pas de questions : chacun divulgue ce qu'il a envie de révéler, embellissant ou noircissant la vérité selon l'interlocuteur ou l'effet désiré. Pendant ses six premières années de détention, la cohabitation avec Didier avait beaucoup adouci la vie carcérale.

Henri, homme simple, finissait par apprécier la perpétuelle régularité des journées, leur immuable tempo, l'intégrale absence de surprises, de fantaisie. Quitté par sa femme dès la connaissance de l'horrible crime commis, il n'avait ni enfants, ni frères ou sœurs. Abandonné très jeune par sa mère, quelques mois seulement après la mort de son père, personne, jamais personne ne lui proposait un parloir, à part José, un ancien collègue de travail qui venait le voir de temps en temps. Les autres détenus, y compris Didier, vivaient au rythme de ces rencontres, inquiets de leur retard, mais plus inquiets encore de leur déroulement lorsqu'ils se présentaient. Nombre de prisonniers se retrouvaient plaqués par une femme ou une maîtresse au cours de leur détention. Mais Henri échappait à tous ces risques. Il travaillait à la menuiserie de la prison, devenu pratiquement responsable de cet atelier, formait et conseillait les autres détenus. C'était son métier, et son ancien patron, avant sa détention, l'appréciait pour la qualité de son travail et sa conscience professionnelle. Au fil des années, Henri accumulait les appréciations élogieuses sur son comportement : jamais le moindre problème, la moindre incartade, aussi le raccourcissement progressif de la durée de détention initialement prévue promettait une libération anticipée. Celle-ci intervint finalement au bout de huit ans.

Pourtant, l'idée de retrouver un jour la liberté l'effrayait au plus haut point. La vue d'une voiture bleue, la seule automobile présente sur le parking visiteurs ce matin-là le rassure un peu. Debout contre la portière, Henri reconnaît Didier. Il vient à sa rencontre, le serre longuement contre lui :

— Comment ça va ?

— Pas trop mal et toi ?

Didier, libéré deux ans plus tôt, charge le sac d'Henri.

— Où veux-tu aller ?

Henri, assez déboussolé, semble absent, hors du temps. Jamais Didier, qui ne l'avait côtoyé qu'en prison, n'avait vu son copain dans un tel état. Après un long soupir :

— On va aller chez moi !

Retour gagnant !

Durant les deux heures de route entre la prison et son domicile, Henri cogitait. Quel pouvait bien être l'état de la maison occupée par son ex-femme durant quelques mois après son arrestation ? Couper l'eau, vider la poubelle, bien fermer les volets, ouvrir le frigo, avait-elle pensé à tout ou s'en était-elle moquée ? Les circonstances plaidaient plutôt pour la seconde hypothèse. Quelques mois plus tôt, la moitié de sa peine étant effectuée, Henri aurait pu solliciter et probablement obtenir une permission de sortie. L'idée lui traversa l'esprit, mais l'état dans lequel il retrouverait sa maison l'angoissait tellement qu'il avait renoncé à cette éventualité. Une fuite effrénée devant l'incertitude, mais la confrontation à la réalité, repoussée de mois en mois, devenait imminente et l'anxiété s'amplifiait.

Plus que quelques kilomètres, Henri est noué au plus profond de lui-même. La route serpente au bord du lac et la pancarte tant espérée mais en même temps redoutée apparaît : « FRÉTIGNY ». Henri se tasse dans son siège. Une ligne droite, un dernier virage, un environnement familier qui défile, et sa maison est là, devant lui ! Les volets sont clos, aucune trace apparente d'effraction ne saute aux yeux, les herbes folles ont envahi la cour, mais sur une moitié seulement. Et tout à coup une inattendue bouffée de plaisir se répand dans tout son être : il est chez lui ! Cette euphorie soudaine balaie d'un coup l'appréhension accumulée, détruit les plus désastreuses présomptions envisagées.

Didier s'arrête au milieu de la cour, scrutant à la dérobée les réactions de son ami. À gauche, la maison mitoyenne, bien entretenue, les volets rouges, comme souvent en Haute-Savoie, les fenêtres blanches puis, accolée, l'habitation d'Henri, ensuite un garage, le sien, et un abri voiture à deux places. Un véhicule plutôt ancien y stationne. Et les yeux d'Henri s'écarquillent : oui, pas de doute, cette voiture est celle de Bastien, son voisin de toujours qui n'a donc pas déménagé. Quel soulagement ! Henri craignait tant la présence d'une nouvelle famille à ses côtés, les difficultés de cohabitation, les réflexions déplacées, les sarcasmes injustifiés !

Henri gravit lentement les quelques marches menant à l'entrée. La clé tourne en grinçant dans la serrure, la porte s'ouvre mal, le bas frotte sur le carrelage, mais en poussant un peu, on entre. Les toiles d'araignées lui caressent les joues, il les balaie d'un large geste du bras devant lui. Dans la pénombre, Il retrouve ses meubles, couverts d'une bonne couche de poussière, l'électricité est coupée. Henri se fraye à grand-peine un chemin en gesticulant, ne résiste pas à la violente pulsion qui lui commande de traverser la maison et d'ouvrir le volet de la cuisine qui donne de l'autre côté. L'immeuble est toujours là et la maudite fenêtre du deuxième étage est ouverte. Un léger vertige le fait chanceler. Didier, qui l'a suivi, le récupère in extremis et tonne :

— Ferme-moi ce volet tout de suite !

Et, joignant le geste à la parole, Didier tire brutalement sur les deux battants et immobilise l'ensemble. Il n'est jamais venu dans cette maison, mais Henri lui a si souvent conté sa mésaventure que Didier a immédiatement saisi l'importance de cette fenêtre ouverte dans l'immeuble d'en face.

Remis de son émotion, Henri ouvre toutes les autres persiennes et constate avec bonheur le bon état général de sa demeure : pas de fuite d'eau, pas de dégâts causés par des rongeurs ou des parasites. Un bon gros nettoyage devrait remettre tout ça d'aplomb.

— Tu ne peux pas rester ici, sans eau, sans électricité. Tu vas passer quelque temps chez nous, et je viendrai avec toi tous les jours pour remettre ce logement en état.

— D'accord, merci, je n'ai pas le choix !

— Non.

Avant de partir, Henri ouvre le garage : sa voiture est là ! Oh, ce n'était déjà pas un modèle récent, et avec huit ans de plus… La clé tourne dans le contact, mais rien ne se passe. Il aurait fallu un vrai miracle pour qu'elle démarre !

Didier habitait à une petite heure de route, et, en chemin, Henri remarqua qu'il avait dit « chez nous ». Au début de leur cohabitation carcérale, une femme rendait régulièrement visite à Didier. Ces visites cessèrent brutalement, et il en parut très contrarié. Mais Henri ne posa aucune question. Aurait-il rencontré une autre femme entre-temps ? La réponse survint très vite.

— Tu vas faire la connaissance d'Évelyne, une gentille fille que je connais depuis de nombreuses années. À l'époque, elle officiait sur les quais, à Lyon. Je la côtoyais régulièrement et on a sympathisé.

— Tu vis avec elle depuis longtemps ?

— Un an environ. Peu après ma sortie, j'avais rencontré une femme bien, comptable, mais au bout de quelques mois, de manière impromptue, elle a pris connaissance de mon passé et est partie en courant. J'étais amoureux d'elle et j'ai eu mal, très mal. Tu sais, je ne voudrais pas te décourager, mais avec nos pédigrées…

— Comment as-tu retrouvé Évelyne après tant d'années ?

— Oh ! Elle squattait l'appartement d'un ami à Lyon. Enfin, quand je dis un ami, disons un ancien acolyte… Mais le torchon brûlait entre eux et je lui ai proposé de partager mon logement ainsi que les frais. Ça lui convenait bien, pas trop loin de Lyon afin que le contact avec ses « connaissances » soit maintenu.

Didier lâchait son volant pour mimer les guillemets en l'air à l'aide de ses mains.

C'est sûr que ce ne serait pas facile côté cœur. Henri en avait conscience et ne nourrissait aucun espoir démesuré à ce sujet.

— Et, avec Évelyne, ça se passe bien ?

— Oui, mais tu sais, on associe surtout nos vies brinquebalantes. Elle gagne un peu d'argent grâce à un cercle restreint d'amis, comment dire, réguliers et généreux, et moi je livre à domicile des journaux, des publicités, et je bosse aussi un peu au noir. On arrive à payer le loyer et à survivre à peu près.

Henri, par contre, bénéficiait de nombreux avantages par rapport à Didier : d'abord il était propriétaire de sa maison, et surtout il lui restait un pécule d'avant sa détention, plusieurs dizaines de milliers d'euros, économisés en tant que menuisier chez son ex-patron. Henri chérissait d'ailleurs l'espoir de retrouver son ancienne entreprise dans laquelle il était apprécié et respecté. Mais accepterait-on de le reprendre ? Rien n'était moins sûr.

Évelyne semblait agréable, la cinquantaine, un joli sourire, quelques beaux restes, mais malgré le maquillage, son visage marqué témoignait d'un passé tumultueux.

— Assieds-toi, Henri ! Ne fais pas le timide !

L'appartement, au 3e étage sans ascenseur, était petit et désuet, deux chambres exiguës, les convecteurs pendant au bout des fils diffusaient une chaleur parcimonieuse que les fenêtres à simple vitrage et l'isolation défaillante s'empressaient de dilapider vers l'extérieur. On entendait ronfler dans le logement d'à côté, et marcher dans celui du dessus. Un HLM bas de gamme certainement.

Henri vidait son sac, prenait possession de la chambre qui lui était dédiée, rangeait quelques vêtements dans le minuscule placard démuni de portes et aux rayons incurvés, seul meuble, avec un lit métallique, à agrémenter la pièce. Le plafond, en décrépitude, parsemait le dessus de lit crasseux d'une poussière blanchâtre. L'espace d'un instant, Henri envisagea de décamper, sa maison sans eau ni électricité lui paraissait plus accueillante que cet environnement misérable et repoussant. Mais sans voiture, sans gare à proximité et momentanément désargenté, il était coincé ici pour quelque temps. Il fallait faire avec !

Ce matin, il s'était encore réveillé en prison, et dans la même journée il avait retrouvé sa maison, sa voiture et des amis l'hébergeaient. Quelle journée mouvementée comparée à celles de sa détention ! Mais celle de demain le serait encore plus : acquérir un portable, contacter EDF, le service des eaux, un garagiste et tant d'autres choses encore. Il avait le tournis ! Les efforts d'Évelyne furent récompensés : la nourriture du soir fut meilleure qu'à la prison ; Henri lui en fit la remarque, et elle sembla apprécier malgré la maladresse de la comparaison.

Le lendemain matin, au saut du lit, le délabrement déjà avancé d'Évelyne sautait aux yeux. Les traits creusés, la poitrine tombante, le ventre proéminent, décidément, trente ans de trottoir, ça laisse des traces. Chacun buvait son café en silence, Évelyne posait sa tasse ébréchée dans l'évier cabossé, ouvrait le robinet déglingué laissant couler un mince filet d'eau. Puis, se retournant vers Henri :

— Didier m'a rapidement expliqué pour toi…

Didier intervint :

— Oh, écoute, Évelyne, ça suffit. Tu ne vas pas l'ennuyer avec ça maintenant !

Henri coupa court :

— Si, si, je n'ai jamais raconté mon histoire à une femme et jamais en liberté non plus. J'ai envie qu'elle comprenne.

D'un grand geste du bras, Didier marqua son détachement.

— Si ça te fait plaisir !

Après un long silence, ne sachant pas trop par où commencer, Henri débuta son récit.

Cette maison était en vente, il y a une douzaine d'années. Je venais de me marier, mon père était mort depuis longtemps, ma mère, qui m'avait abandonné à l'âge de quatre ans pour fuir avec un autre homme, venait de mourir dans des circonstances dramatiques, et un modeste héritage constituait un capital de départ. Frétigny, village de trois mille habitants, au bord du lac d'Annecy était une destination prisée, et, à l'époque, les prix restaient abordables. Ce gros chalet des années soixante, séparé en deux par le milieu, abritait deux logements symétriques strictement identiques. La partie gauche était déjà occupée et la partie droite, en vente, avec son garage attenant, ainsi que la moitié de l'abri voiture.

Depuis le premier étage, on apercevait le lac à travers les arbres, et, à cinq cents mètres environ, le port que l'on pouvait rejoindre par un chemin piéton. Derrière le chalet, un grand terrain communal, inconstructible, garantissait le calme et la quiétude. Avec mon ex-femme, nous nous sommes décidés très vite. La première année de résidence fut un véritable enchantement, mais malheureusement les choses se sont très vite gâtées. Un nouveau plan local d'urbanisme, concocté par le conseil municipal, a vu le jour. Dans ce document, le grand terrain situé derrière la maison avait évolué de non constructible à constructible. Naturellement, les promoteurs, avides de nouvelles opportunités, se sont rués sur l'occasion. Et la commune, faisant d'une pierre deux coups, mettait ainsi un terme provisoire aux maux endémiques qui la rongeaient depuis des années : son endettement et le non-respect de la proportion de logements sociaux.

Ce projet de construction déchaîna les passions dans le village. Tous les résidents relativement proches du projet se constituèrent en association de défense, dont naturellement je faisais partie. Près de deux cents personnes ont adhéré à la structure. Et pendant quatre ans, entre permis de construire annulés, recours acceptés ou repoussés, pétitions, interventions d'élus de tous bords, la bataille fit rage. Mais, au bout du compte, la pugnacité et la combativité du promoteur, conjuguées avec la lassitude et la résignation des contestataires, le projet fut définitivement validé.

Le bâtiment construit, une trentaine de fenêtres donnaient sur l'arrière de la maison, principalement sur la cuisine.

Jusqu'au bout

Un soir de novembre, il était environ 20 heures, je fumais une cigarette, accoudé sur le rebord de la fenêtre grande ouverte de la cuisine. Ma femme ne supportait pas l'odeur du tabac, et ne m'autorisait à fumer que dans ces strictes conditions ou carrément dehors. Dans l'immeuble d'en face, derrière une dizaine de fenêtres éclairées, se dessinaient divers mouvements en ombres chinoises. Inconsciemment, je m'amusais à interpréter l'origine de ces évolutions, dont seulement quelques bribes m'étaient offertes : ici probablement un lent déshabillage, là des gestes désordonnés évoquant une violente dispute, plus loin un gymnaste en plein effort... Décidément, cet immeuble tant décrié et dont la construction avait suscité tant d'oppositions m'offrait une distraction inespérée et bienvenue. Et pourtant je n'étais pas au bout de mes surprises ! Soudain, au deuxième étage, dans l'embrasure d'une fenêtre grande ouverte, apparut une femme. Malgré mon étonnement et le contre-jour, ses traits m'apparurent nettement : très belle, de longs cheveux blonds, le visage lisse, une trentaine d'années, elle regardait fixement dans ma direction, et je ne la quittais pas des yeux non plus. Me penchant, un coup d'œil à gauche confirma que tous les volets de mon voisin étaient fermés. Ses regards ne s'adressaient donc qu'à moi.

Ce fut un délicieux instant, une improbable communion entre deux êtres étrangers et immobiles. Au bout de quelques minutes, un léger sourire apparut sur son visage et elle disparut. Je restai un grand moment à attendre son retour, baigné d'une sensation d'hypnose dont il m'était impossible de me détacher.

— Henri, mais qu'est-ce que tu fais ? Ferme-moi cette fenêtre, on gèle !

Le charme rompu, je retrouvai le salon mais j'avais la tête ailleurs. Toutes les dix secondes, décrochant du film passant à la télé, l'image de cette fenêtre ouverte et de la femme qui l'habitait occultait toutes les autres. Mon esprit déconnecté vagabondait à vau-l'eau et échafaudait des projets insensés. Une femme délicate et désirable venait de débarquer silencieusement dans ma vie, occupant un espace devenu vacant depuis quelque temps. Les perspectives les plus alléchantes se présentaient. Par courts instants de réalisme, le raisonnable reprenait le dessus : ce ne sont pas ces quelques minutes qui feront basculer ma vie… Mais je chassais résolument ces pensées négatives afin de me replonger dans mes fantasmes enchanteurs.

La journée du lendemain se traîna lamentablement, incapable de me concentrer sur mon travail, plusieurs collaborateurs m'en firent gentiment la remarque. Enfin, vers vingt heures, l'estomac noué, je retrouvai mon poste d'observation. À nouveau, elle était là, immobile, me fixant en permanence, un léger sourire illuminait son visage. Tout à coup, passant les bras au-dessus de sa tête, elle ôta son pull, laissant apparaître un soutien-gorge rouge foncé, bordé de dentelle, sur une peau dorée et lisse. Elle me fixait toujours, et, passant les bras dans son dos, elle dégrafa son soutien-gorge, glissa lascivement les bretelles sur ses bras et le laissa tomber lentement. Sa poitrine était superbe : des seins bien ronds, hauts perchés, qu'elle mettait en valeur en les caressant doucement ou en écartant les bras et posant les mains sur sa tête. La scène ressemblait étrangement à ces mornes boîtes de nuit pour groupes d'hommes esseulés, issus d'un séminaire ennuyeux, et cherchant vainement une maigre consolation à leur future nuit solitaire. Manifestement, cette femme en quête d'aventure me draguait et je n'étais pas insensible à ses charmes ni au désir qu'elle suscitait en moi.

— Henri ! on gèle !

Plusieurs jours de suite, toujours très ponctuelle, elle apparut ainsi à sa fenêtre, de plus en plus alléchante et provocante. Elle devait certainement vivre seule, car un compagnon, même très compréhensif, n'aurait jamais accepté un tel manège quotidien, qu'il aurait bien fini par découvrir. Cette évidence me donna des ailes. N'y tenant plus, un soir, après l'exhibition, je sortis fumer une cigarette, fis rapidement le tour du pâté de maisons, et arrivai devant la porte de l'immeuble. Un code m'en interdisait l'entrée. Par chance, une femme seule entra et profitant de la porte ouverte je lui emboîtai le pas. Son regard réprobateur et appuyé m'inquiéta, et je crus bon de me justifier :

— On m'attend au deuxième étage, j'ai oublié le code !

Un sourire sur son visage prouva que la situation était débloquée. Arrivé sur le palier, et compte tenu de la configuration de l'immeuble, ce devait être la porte de gauche. Sonnerie, des pas derrière la porte qui s'entrouvre. Immédiatement, je la reconnais. Mais je n'ai pas le temps de prononcer un traître mot, c'est elle qui attaque d'une voix forte et agressive :

— Qu'est-ce que vous voulez ?

— Je suis votre voisin d'en face qui vous regarde tous les soirs, je veux simplement faire plus ample connaissance.

— Ah, mais c'est n'importe quoi ! Vous n'avez rien à faire ici, fichez-moi le camp, espèce de pervers ! Si vous ne partez pas tout de suite j'appelle la police !

Elle vociférait, gesticulait derrière sa porte entrouverte, bloquée dans cette position par un système de verrouillage. À tel point que, alertée par le bruit, la voisine d'en face s'en mêla.

— Mais qu'est ce qui se passe, en voilà du ramdam ?

— Cet homme veut soi-disant faire connaissance !

— Ah, mais ne te laisse pas faire, appelle la police.

Les deux femmes se renvoyaient la balle sans que je puisse intervenir. Profitant d'une légère accalmie, et me tournant vers la voisine :

— Mais chaque soir…

— Ça suffit maintenant, si vous ne déguerpissez pas immédiatement ça va mal aller !

D'autres voisins, excédés par les éclats de voix, déboulaient d'un peu partout, une seule solution s'offrait à moi : m'enfuir ! Ce que j'ai fait ! Mais j'étais très énervé, stupéfait par la tournure des événements, incapable de raisonner sainement. Être aguiché comme ce fut le cas et brutalement rejeté comme un malpropre m'inspirait une parfaite incompréhension, une haine violente, un profond désir de vengeance… Son comportement inadmissible méritait une bonne leçon. Mon cerveau embrouillé n'affichait qu'une certitude : les choses n'en resteraient pas là !

Durant une bonne demi-heure, je déambulai dans le quartier, incapable de retrouver mon calme, ma sérénité. Mon cœur tapait, un violent mal de tête m'envahissait. Je n'aurais pas su retracer mon parcours si on me l'avait demandé ! Une métamorphose malsaine et impromptue s'opérait en moi, une incontrôlable haine de la gent féminine à travers le prisme déformant de cette femme vulgaire et prégnante. La mâchoire serrée, les yeux exorbités, une nouvelle bête habitait en moi, prête à mordre ! Cette femme allait me le payer, elle regretterait amèrement son inqualifiable conduite, ses jeux pernicieux et malveillants, son violent rejet après ses sadiques approches.

J'ignorais encore laquelle, mais une décision inconsciente était prise.

— Tu pourrais me donner un verre d'eau ?

Évelyne s'exécuta gentiment. J'avais la bouche sèche. Elle reprit :

— Tu sais, Henri, je comprends ce qui est arrivé. Didier t'a parlé de mon passé…

Je hochai la tête en signe d'acquiescement.

— Jamais je ne me suis comportée de la sorte avec un homme. Provoquer en lui des désirs, des envies, pour ensuite lui refuser en bloc est quelque part criminel… Les réactions sont imprévisibles, la tienne en est la preuve formelle.

Évelyne me rassurait. Après les innombrables examens auxquels je fus soumis avant mon procès, les multiples psychologues, psychiatres, qui m'ont examiné, les expertises diverses et variées, se contredisant les unes les autres, les rapports de plusieurs centaines de pages décrivant ma personnalité et expliquant, ou pas, mon passage à l'acte, Évelyne, elle, très simplement, justifiait l'enchaînement des événements. Cette femme me plaisait. Je repris mon récit :

Le lendemain, à la même heure, dissimulé dans l'obscurité de la cuisine, j'attendais l'apparition sans trop y croire. Et pourtant ! À nouveau, elle arriva et réitéra le cérémonial habituel : sourire, déshabillage, en scrutant fixement ma fenêtre ouverte ! Il lui était impossible de me voir. Mais devinait-elle ma présence ? Toujours est-il qu'elle effectuait sa parade habituelle, provocante et sensuelle. Ma sidération n'avait d'égale que ma totale incompréhension. Quel étrange mécanisme la conduisait à une telle attitude ? Aucune réponse à cette question ne me venait à l'esprit…

Ma femme s'absenta une huitaine de jours pour rendre visite à une parente malade, et une idée curieuse quoiqu'un peu saugrenue me traversa : si la situation s'envenimait, et au fond de moi l'hypothèse était plausible, personne ne croirait jamais mes affirmations, dont j'étais le seul témoin, et je risquerais alors de passer pour un pervers débile et simulateur ! Il me fallait une preuve de ces agissements. Je convoquai donc un huissier pour le lendemain. L'homme, la soixantaine décadente, crâne dégarni, petit et rondouillard, costume élimé et cravate de travers, ne m'apparut pas d'emblée correspondre au type de constat que j'allais lui imposer. Mais on ne choisit pas. Lui ayant expliqué ce dont il s'agissait, et devant son air médusé, je craignis qu'il ne déguerpisse ! Mais non, il m'expliqua que, très professionnel, il en avait vu d'autres…

Je m'installai donc à la fenêtre, lui était tapi dans l'ombre derrière moi. Et elle arriva ! À ma vue, un léger sourire apparut sur ses lèvres, et, me dévisageant fixement, l'exhibition dura une bonne dizaine de minutes. L'huissier n'en perdait pas une miette, son métier ne lui proposait pas souvent de telles satisfactions. Puis elle disparut. De retour au salon, l'homme avoua n'avoir jamais effectué ce genre de démarche. J'avais ma preuve, et demandai à l'huissier de revenir les deux jours suivants. Ce qu'il fit, et vérifia que le phénomène se reproduisait chaque soir à l'identique. Restait un détail important à régler : à la fin de chaque exhibition, faire constater qu'aucune autre fenêtre que la mienne n'était concernée, et que j'étais bien le seul et unique destinataire de ces parades.

Au fond, que savais-je d'elle ? Rien, absolument rien, sinon qu'elle était très bien faite de sa personne. Ma curiosité, aiguisée au plus haut point, m'imposait d'en savoir plus. Mais comment ? Le samedi suivant, ma femme étant toujours absente, je décidai d'observer la sortie du parking situé sous l'immeuble. Vers 9 heures, dissimulé quelques mètres plus loin dans ma voiture, l'attente commença. Elle devait bien posséder un véhicule et sortir de temps en temps faire des courses. Plusieurs voitures encombrées de familles, d'hommes seuls, sans intérêt donc, passèrent devant moi. Vers 10 heures, une Mini blanche apparut : c'était elle. Je la suivis à distance sur cinq ou six kilomètres, jusqu'à un parcours de santé. Jogging blanc, baskets rouges, elle était plus petite que prévu, assez menue, mais vraiment très mignonne. Après quelques pas sautillants et de légers étirements, elle entama sa course. La suivre n'était pas facile, mes chaussures de ville, les quelques kilos en trop et l'abus permanent des Marlboro eurent vite raison de ma tentative. Les autres joggeurs, amusés ou perplexes, m'observaient comme un intrus dans ce monde de sportifs. J'abandonnai donc rapidement mon objectif.

Chaque soir, vers 20 heures, nombre de Français attendent impatiemment le journal de TF1, ces nouvelles inquiétantes pour la plupart mais auxquelles plus personne ne prête attention : l'inflation galopante au Portugal, la pandémie en Ouzbékistan, tel ministre qui n'a pas payé ses impôts. Heureusement, quelques faits divers rassurants remontent le moral : ce chat égaré sur un toit et sauvé d'une mort certaine grâce à la grande échelle des pompiers. Les plus hardis tentent, mais sans succès, une interview du chat ! Alors ils se rabattent sur celle des pompiers, moins originale mais plus sûre, et qui arrache à coup sûr un début de sourire et de compassion au téléspectateur ! Et un téléspectateur amusé et souriant revient le lendemain à la même heure ! Ah, part d'audience, que ne fait-on pas pour te conserver ?

Mais moi, à 20 heures j'attends l'apparition, et, comme le journal télévisé, elle est toujours ponctuelle et toujours identique à elle-même : fenêtre ouverte, sourire, déshabillage, parade et disparition. Un esprit équilibré, rationnel, normalement constitué, commun pour tout dire, se contenterait du spectacle sans chercher à comprendre pourquoi on lui offre régulièrement. Le monde regorge d'exhibitionnistes de tous poils, et la société ne les inquiète pas tant qu'ils ne perturbent pas les bonnes mœurs ou la morale. Moi aussi, aurais dû agir de la sorte, la contempler, profiter du moment, lui faire un signe de temps en temps, et puis passer à autre chose. Mais elle m'avait rabaissé devant ses voisins, et cela m'insupportait. J'étais incapable de passer outre cette humiliation indélébile, marquée dans ma chair comme au fer rouge.

Doté de baskets flambant neuves et d'un jogging bleu marine, je l'attendis le samedi suivant dans le parking du parcours. Elle arriva pile à l'heure. Mieux équipé et surtout plus motivé que la semaine précédente, je la suivis sans peine et à bonne distance. Elle s'arrêta procéder à quelques mouvements le long d'une barre en bois. Déjà loin du parking, les coureurs se raréfiaient, et j'en profitai pour tenter une nouvelle approche. Surprise, elle explosa :

— Encore vous, mais enfin qu'est-ce que vous voulez ?

— Simplement comprendre ! Comprendre pourquoi vous me provoquez, pourquoi vous suscitez en moi des désirs que vous refusez d'assouvir, pourquoi vous faites ça ?

— Mais il n'y a rien à comprendre, j'ai bien le droit de me déshabiller devant ma fenêtre, et puis vous n'êtes pas obligé de regarder !

— Écoutez-moi bien, vous m'avez humilié devant vos voisins et je ne le supporte pas, alors je vous mets en garde : si je vous vois encore une fois vous dévêtir devant votre fenêtre en me souriant fixement, ça va mal se passer !

— Vous me menacez ?

— Non, mais je ne veux plus jamais vous voir devant votre fenêtre !

Stupéfaite et apeurée, elle s'enfuit en courant, et je restai sur place.

Et le soir même, à 20 heures, elle apparut, me regarda fixement, se déshabilla. Son attitude plus provocante que jamais n'avait qu'une explication : elle me défiait ! Happés dans une spirale vertigineuse, une escalade diabolique alimentée par notre jusqu'au-boutisme commun, aucun de nous n'acceptait de perdre la face, elle en suspendant ses exhibitions, et moi en refusant de les admirer. Jamais je n'aurais accepté de baisser pavillon, de traiter son attitude par dédain ou désinvolture, de manifester la moindre indifférence. Non, mon ego en aurait trop souffert, le renoncement à ce stade devenait inenvisageable, je devais avoir le dernier mot, me montrer plus tenace et plus déterminé qu'elle. Tous les jours de la semaine, le défi s'intensifia, confinant à l'insupportable. Et le vendredi soir, au paroxysme de ma haine et de ma détermination, ma décision fut prise : le lendemain, elle paierait.

Le samedi matin, au terme d'une nuit cauchemardesque, un ciel gris et crasseux enveloppait le paysage. Les montagnes du tour du lac se perdaient dans les nuages bas, une fine pluie d'automne poussée par un léger vent glacial balayait le paysage.

Vers 9 heures 30, ma détermination intacte, j'enfilai mes baskets et mon jogging. Ma femme, éberluée, intervint :

— Tu ne vas tout de même pas courir par ce temps ?

— Si, si, ça me fera du bien.

Et je disparus.

Ces instants sont difficiles à me remémorer et à décrire. Intégralement déconnecté de tout, de ma femme, de mes amis, de mon travail, de ma vie en somme, un seul objectif existe à mes yeux, occultant tous les autres : elle ! Et une seule crainte se manifeste : que le mauvais temps ne la décourage. Être privé de ma vengeance tant attendue, du gain de ce match entamé avec elle, est le seul véritable contretemps que je redoute. Tout le reste m'indiffère ! Et je ne ferai rien pour tenter de déguiser mon acte. Aucune peur ni du tribunal, ni de la prison, ni des terribles conséquences de mon méfait sur ma vie, ma famille, mon entourage, n'est susceptible d'arrêter mon bras !

Tel un automate je gare ma voiture sur le parking. La sienne n'est pas encore là. Une nouvelle fois, la même peur m'assaille : et si le temps la rebutait ? Elle arrive un peu en retard, un immense soulagement s'installe mais j'ai du mal à lui pardonner. Le parcours est presque désert, mais qui est assez fou pour courir sous cette pluie et dans cette boue ? Elle et moi ! Je la suis à distance jusqu'à un bosquet, vers le milieu du parcours, et je m'approche :

— Bonjour, vous n'avez pas respecté mon injonction, le déshabillage se poursuit tous les soirs !

Elle est sidérée, paniquée, tétanisée sur place. D'habitude elle me répond vertement, tente de reprendre le dessus, de se disculper, mais là : rien. Peut-être, devant mes yeux exorbités, ma mâchoire serrée et mon visage crispé, comprend-elle d'un coup ce qui se trame. Je me jette sur elle, la saisit au cou, son corps, assez fluet finalement, n'oppose que peu de résistance. Ses mains tentent vainement de desserrer mon étreinte, ses yeux implorent ma pitié, mais je serre, je serre longuement jusqu'à ce qu'elle s'effondre dans un affaissement mou et disloqué. J'accompagne sa chute sans relâcher mon étranglement. Personne alentour, je traîne son corps sur quelques mètres et le dissimule entre les arbres. Son regard fixe et effaré ne m'impressionne pas, elle n'a eu que ce qu'elle mérite, je suis le plus fort, le plus déterminé, j'ai gagné ! Une intense satisfaction s'empare de moi. Est-ce le fait d'avoir triomphé ou le fait d'avoir ôté la vie, d'avoir réalisé un acte que peu d'individus peuvent s'enorgueillir d'avoir exécuté ? Impossible de répondre…

Henri est en sueur, vidé par son récit, fatigué, lassé. Évelyne lui tend un autre verre d'eau avalé d'un trait. Un lourd silence s'installe au matin de ce deuxième jour de liberté. Évelyne le rompt :

— C'est du passé maintenant, tu as payé ta dette à la société, tu dois repartir du bon pied !

Didier hoche la tête dans son coin. Tout cela est tellement facile à dire, mais comment renier le passé, comment oublier ces terribles instants ? Lui, Didier, coupable de quelques délits gravissimes, bien sûr, mais sans mort d'homme, ne parvient pas à rebondir, à se réinsérer convenablement. Ce désastreux passé gravé dans le marbre, ressurgissant à tout moment, annihile toute nouvelle tentative de redémarrage. Alors Henri, avec un tel boulet aux pieds ! S'enhardissant, Didier pose la question qui lui brûle les lèvres depuis des années, mais qu'il n'a jamais osé évoquer, même au temps de leur captivité commune :

— Comment ont-ils su que c'était toi ?

— Oh, je n'avais rien fait pour tenter de masquer ce crime. Une caméra de surveillance positionnée à un carrefour, quelques kilomètres avant le parcours, avait filmé ma voiture. L'autopsie du corps, découvert dans l'après-midi, avait fourni l'heure assez précise de la mort, mon portable bornait sur le même émetteur que le sien, des traces ADN de mes mains sur son cou ne laissaient planer aucun doute. Trois jours plus tard, mis en garde à vue, j'ai avoué tout de suite. En y réfléchissant bien, j'aurais pu procéder différemment, tenter de réaliser le crime parfait, peut-être y serais-je parvenu, et finalement ça m'aurait bien plu de leur laisser une affaire irrésolue sur les bras !

La vie reprend

Il était déjà 11 heures dans cette triste cuisine d'un HLM de banlieue, occupée par deux hommes en pyjama et une femme en chemise de nuit. Didier passa rapidement à la salle de bains, en ressortit vêtu d'un pantalon trop court et d'un tee-shirt douteux. Manifestement, ce n'était pas l'opulence.

— Je pars jusqu'à ce soir, des journaux à déposer dans les boîtes à lettres. Henri, si tu veux passer un bon moment avec Évelyne !

Henri, sidéré, se tourna vers Évelyne qui souriait gentiment. Il s'attendait à tout sauf à ça… Avaient-ils prémédité cette proposition, ou bien Didier l'avait-il formulée sans prévenir sa compagne ? Cette seconde hypothèse semblait la plus probable, et Évelyne y consentait.

Les trois étages dévalés, une seule idée obsédait Henri : se procurer de l'argent liquide. Il n'irait pas loin avec les soixante-douze euros récupérés la veille, et son compte était bien approvisionné. En attestaient les relevés que sa banque lui envoyait chaque mois en prison. La nouvelle carte reçue un an plus tôt, introduite dans le distributeur, ne fut pas rejetée, et le code exigé. Henri frappa maladroitement les chiffres qu'il s'était astreint jour après jour à mémoriser et le miracle se produisit : l'appareil demanda quelle somme retirer. Deux cents euros, oui, c'était bien. La carte réapparut, puis les billets. Henri hésita un instant, jouissant du moment présent : son premier geste d'homme libre, sans assistance, sans contrainte, le début du commencement de sa nouvelle vie. Une douce émotion envahit tout son corps, il attrapa les billets qu'il rangea délicatement dans son portefeuille. Et puis, subitement, il retourna sur ses pas, grimpa les trois étages, poussa la porte de l'appartement. Évelyne était là, pomponnée, maquillée, vêtue d'une robe noire imprimée de jaune, son visage éclairé d'un large sourire. Henri ne put s'empêcher de penser que c'était peut-être pour lui qu'elle s'était faite belle ! Sinon pour qui d'autre ?

— Tu es sorti prendre un peu l'air ?

— Oui, et je t'invite à déjeuner !

Elle ne put retenir un cri de surprise. Depuis combien de temps n'était-elle pas allée au restaurant ? Du temps de sa splendeur, à Lyon, il arrivait qu'un client attentionné lui offre un repas. Ses finances éternellement défaillantes lui imposaient d'accepter, mais elle n'y prenait aucun plaisir, cet accompagnement relevant plus du professionnel que de l'amical. Aujourd'hui, par contre, l'invitation d'Henri lui procurait une joie intense.

— Tu crois, vraiment ?

— Oui, et ça me procure un grand plaisir !

Henri s'approcha, prit Évelyne dans ses bras, l'embrassa tendrement sur les deux joues, saisit sa main et l'entraîna hors de l'appartement. Elle se laissait guider sans protester, ravie de l'attention délicate qu'un homme, enfin, lui prodiguait. Le quartier tristounet et désert n'inspirait pas la gaudriole, quelques maisons années cinquante enchâssées au milieu d'immeubles vieillots à peine plus récents, aux façades sales et maculées de toute part. De toute évidence, les occupants n'avaient pas les moyens de s'offrir les ravalements pourtant bien nécessaires. Évelyne passa son bras sous celui d'Henri, qu'un grand frisson parcourut immédiatement. Hier matin, au moment de passer la porte de la prison, il aurait à coup sûr effectué un demi-tour si on lui avait proposé. Mais quelle irréparable erreur il aurait alors commise ! Il était si bien au bras de cette femme gentille et attentionnée, qui lui pardonnait sans réserve son passé, si bien de reprendre goût à la vie, aux petits plaisirs du quotidien, de pouvoir enfin choisir son menu ! Huit ans que cela n'était pas arrivé.

Évelyne et lui eurent bon appétit. Elle était enjouée, rieuse, malgré les ombres marquant son visage lorsque les souvenirs de son passé la rattrapaient. Aucun homme ne l'avait jamais dominée, son indépendance restait sa priorité. Bien sûr, elle ne s'était jamais mariée et n'avait pas d'enfants. Sa famille se résumait à une seule personne, sa mère, habitant Lyon depuis toujours, dans une zone résidentielle près de la Mulatière. Cette femme, financièrement aisée, retraitée maintenant, avait occupé un poste élevé dans l'administration, et toujours reproché la vie décousue de sa fille. Les deux femmes entretenaient des relations cordiales mais distantes, Évelyne passait de temps à autre une semaine chez sa mère.

À dix-huit ans, tombée folle amoureuse, l'homme qui l'avait séduite l'offrait petit à petit à d'autres, et elle avait accepté par amour. Le schéma classique. Son protecteur, condamné pour trafic de drogue, proxénétisme aggravé et quelques autres babioles, emprisonné pour dix ans, lui avait ainsi fourni l'opportunité de s'émanciper. Mais, la facilité et la cupidité l'avaient incitée à poursuivre seule ce drôle de chemin. Dépensant sans compter, incapable de réaliser la moindre économie, elle se retrouvait aujourd'hui sans ressources et à la rue. Sa vie avec Didier s'apparentait plus à celle de deux colocataires partageant le loyer qu'à celle d'un couple. Une triste pensée déstabilisa Henri : que deviendra cette femme dans dix ans, lorsque ses clients la délaisseront pour une plus belle et surtout plus jeune ? Un avenir bien peu reluisant.

Évelyne consultait ses messages, répondait à certains, en supprimait d'autres. Henri admirait avec envie sa dextérité sur le clavier du téléphone, mais maudissait ces hommes qu'elle tenait dans ses bras par nécessité, sans amour, sans désir.

— Évelyne, j'aurais besoin de ton assistance !

— Dis-moi.

— Peux-tu m'aider à acheter un portable ?

Henri se sentait bien incapable de s'y retrouver seul dans le monde internet. Heureuse de lui rendre ce service, Evelyne l'accompagna dans sa démarche, mais les difficultés s'amoncelèrent : non, il n'avait pas de RIB, non il n'avait aucun moyen d'accéder à son compte bancaire, non, l'agence de sa banque n'était pas ici, non il n'avait pas de certificat de domicile, non, non, non… Décidément, rien ne serait simple.

De retour à l'appartement, la mine sombre d'Henri inquiéta Évelyne :

— Qu'y a-t-il ?

— Par moments, je regrette encore ma prison. Tout était facile, clair, codifié, organisé, le cadre rigide mais rassurant. Chacun savait exactement ce qui lui arriverait l'instant d'après. Ici, c'est l'inverse, il manque toujours quelque chose, rien n'est assuré !

— Oui, tu as raison, ici l'instant suivant reste indéterminé ! Mais ça peut avoir du bon…

Évelyne s'approcha, enlaça Henri, déposa un baiser sur ses lèvres et l'entraîna avec elle. Oui, vraiment, l'instant suivant pouvait être aussi surprenant que plaisant…

— Il n'arrive jamais que Didier rentre à l'improviste et te trouve, enfin, tu vois ce que je veux dire ?

Évelyne souriait :

— Non, à son départ il indique toujours l'heure à laquelle il revient, et j'en tiens compte. Jamais il ne rentrerait en avance.

Évelyne sentait Henri déboussolé par sa nouvelle vie, incapable de planifier ses actes, de définir des priorités. Sans aide, il se noierait.

— Écoute, Henri, je pense que demain tu dois t'occuper de deux choses importantes : d'abord, faire démarrer ta voiture, sans elle rien ne sera possible. Ensuite, te rendre à ta banque, obtenir différents documents, et souscrire un accès internet auprès d'un opérateur.

Bien sûr, elle avait raison, et elle ajouta :

— Si tu veux, on peut dès maintenant contacter des garagistes.

— Oui, ça me va.

En quelques clics et un appel, rendez-vous fut pris avec un dépanneur de la région d'Annecy pour le lendemain 11 heures. Encore fallait-il que Didier puisse reconduire Henri chez lui. Puis un rendez-vous à la banque l'après-midi. Henri retrouvait goût à la vie, inquiet tout de même de cette succession de conditions sans la réalisation desquelles ce plan échouerait.

Le lendemain, tous les trois partirent pour Frétigny. Didier commença à désherber la cour, Henri suivait pas à pas Évelyne qui inventoriait les placards. Malgré la proximité du lac, la maison ne recélait aucune humidité, aucune odeur de renfermé n'émanait des draps, couvertures, et autres vêtements. Le tout semblait en bon état. Le garagiste, à l'heure, changea la batterie, opéra quelques vérifications de précaution, les niveaux, la pression des pneus, et tira sur le démarreur. Après plusieurs hoquets peu rassurants, la voiture démarra ! Henri était aux anges. Trois paires d'yeux anxieux scrutaient le moteur ronronnant sous le capot ouvert, mais aucune fuite n'apparut. Au bout de quelques minutes, le garagiste, fier de son œuvre et péremptoire, affirma :

— A priori, tout va bien. Mais les durites risquent de lâcher. Si vous voulez, venez au garage dans trois jours, j'aurai reçu les pièces et je changerai les principaux conduits. En attendant, n'allez pas trop loin !

Henri ne résista pas à l'envie de faire un tour. Huit ans après, les automatismes n'avaient pas disparu. Mais le quartier, devenu méconnaissable, bardé de sens interdits, de nouvelles constructions, imposait une concentration de tous les instants. Le parking du port, agrandi, goudronné, avait bel aspect. N'osant pas arrêter le moteur, de peur d'un redémarrage difficile, Henri se promena rapidement au bord de son lac. Le clapotis des vagues, la bise légère, le cri des mouettes rieuses le remplirent d'aise. Heure après heure, malgré les difficultés, les contretemps, Henri renouait avec sa vie d'avant. L'après-midi, après passage à la banque, Évelyne, toujours aussi attentionnée, s'occupa de l'électricité, de l'eau, prit les rendez-vous nécessaires. Le soir venu, Henri laissa repartir seuls ses amis, ne voulant plus dormir dans ce HLM délabré, et souhaitant passer une nuit tranquille dans un petit hôtel local. Didier devait distribuer des publicités avec un collègue le lendemain, et laisserait Évelyne revenir seule à Frétigny afin de peaufiner le nettoyage et l'organisation de la maison. Didier s'installa au volant, les deux autres, debout à côté de la voiture échangèrent un regard furtif mais complice, chacun appréciant à l'avance la journée du lendemain au cours de laquelle ils seraient seuls….

Trois jours plus tard, enfin, la maison devint habitable : nettoyée, l'électricité et l'eau rétablies, les appareils électroménagers remis en route, la vieille télé reprogrammée. La nuit tombée, Henri se cala dans son canapé pour la première fois depuis huit ans. Essayant de se familiariser avec le fonctionnement de son téléphone tout neuf, le répertoire offrait cinq cents entrées possibles. Ce chiffre donnait le tournis, mais qui pouvait bien entretenir autant de contacts ? Pour l'instant, deux seulement y existaient : Didier et Évelyne. Il chercha vainement quelles autres connaissances pouvaient s'y ajouter, mais aucune réponse ne se manifestait. Sa vie sociale se limitait à deux personnes. Ah, si, le garagiste ! Avec difficulté, Henri réussit à encoder le numéro lu sur la facture. Ses progrès, lents mais inexorables, ressemblaient à ceux d'un gamin du cours moyen apprenant à lire l'heure. Et encore, bien des gosses de neuf ans en connaissaient bien plus que lui sur les portables. Mais que de chemin parcouru en cinq jours ! Henri eut l'impression d'être sorti de prison depuis des mois.

À vingt heures, mû par une irrésistible pulsion, il se poste devant la fenêtre de la cuisine. Mais celle du deuxième étage de l'immeuble reste désespérément éteinte et déserte. Henri attend un long moment, espérant inconsciemment peut-être la reconduction des phénomènes du passé. Il se remémore l'image de cette femme à moitié nue, de ce bras de fer initié entre eux deux, de ce duel mortifère qu'il avait fini par gagner, le payant très cher de sa liberté, mais qui laissait en lui des traces indélébiles, notamment celle d'une jouissance intense et fugitive au moment de passer à l'acte. Henri chasse immédiatement cette sensation malsaine qui tente de s'incruster, ferme volets et fenêtre, allume sa télé pour passer à autre chose.

Mais, subitement, ce cortège de vieux meubles qui l'entoure l'exècre au plus haut point. Il n'en peut plus de cet horrible buffet Henri 2, récupéré par son ex-femme dix ans plus tôt chez une grand-mère, de cette table massive et volumineuse, de ces chaises du même acabit. Le canapé sur lequel il est installé, récupéré chez un ami, taché par endroits, lui sort par les yeux. À l'époque, les économies asséchées par l'acquisition de la maison avaient imposé une certaine ingéniosité pour meubler à peu de frais. Mais aujourd'hui cet environnement du passé touchait à l'insupportable ! Oui, Henri bazarderait bientôt tous ces meubles. Il dormit mal cette première nuit. L'absence des pâles lueurs nocturnes de la prison, les bruits inhabituels mêlés à l'obscurité profonde le réveillèrent régulièrement. Évelyne et lui avaient fait quelques courses de première nécessité, mais le café sans sucre, les biscottes sans beurre eurent raison de sa bonne humeur. Irascible, énervé, Henri acceptait mal ces premiers manques. Il notait nerveusement sur un carnet les compléments à approvisionner de toute urgence. En prison, le sucre ne manquait jamais, le beurre toujours, pourtant on s'en passait sans souffrir. Mais plus maintenant ! Une sonnerie inhabituelle tira Henri de ses réflexions gastronomiques. Il ne réalisa qu'au bout d'un moment : son portable ! Le temps d'intervenir, l'interlocuteur avait raccroché. Après plusieurs manipulations délicates, Henri finit par retrouver l'appelant : Évelyne ! Quelle bonne surprise ! Elle décrocha dès qu'Henri l'eut rappelé.

— Bonjour, Henri, comment vas-tu ?

— Bonjour, Évelyne, une nuit difficile mais je retrouve doucement mes marques.

— Je m'aperçois que j'ai oublié d'enregistrer un message en cas de non-réponse sur ton portable. On le fera quand on se retrouvera !

— Tu penses revenir me voir ?

— Oui, un de ces jours, je te préviendrai.

— Je t'attends, grosses bises.

— Merci, moi aussi je t'embrasse.

Henri s'aperçut qu'Évelyne lui manquait, probablement à cause de l'assistance qu'elle lui avait apportée durant quelques jours, mais pas seulement. Cette femme était gentille, attentionnée, prévenante, elle connaissait les aléas de la vie, savait en prévenir quelques-uns et solutionner les autres. Elle ressentait probablement quelques sentiments pour lui, son comportement pendant les moments intimes passés ensemble ne laissait planer aucun doute. Henri aussi était très attiré, admirait son dynamisme, son optimisme malgré l'inconfort de sa situation, souhaitait sa présence, entendre le son de sa voix.

Mais ces sentiments naissants se heurtaient à un mur infranchissable. Incapable de les cultiver, Henri cherchait au contraire à les reléguer au plus profond de son être, à leur interdire d'émerger. Pourquoi ? Aucune réponse crédible ne se manifestait. Était-ce la différence d'âge ? Elle avait presque vingt ans de plus que lui. Était-ce son passé turbulent dont il ne connaissait que des fragments mais dont le contexte sordide le décourageait ? Était-ce tout simplement sa vie actuelle qui le rebutait ? Ou bien n'osait-il pas indisposer Didier en le privant de ce qu'il pensait être sa compagne ? Aucune de ces hypothèses ne s'imposait, d'autant plus qu'avec son passé à lui, faire le difficile relevait d'une coupable inconscience. Non, d'autres barrières s'interposaient assurément entre eux deux, mais lesquelles ?

En ouvrant ses volets, Henri eut une surprise : un homme passait juste sous ses fenêtres, et ils se reconnurent immédiatement ; son voisin ! Aussi étonnés l'un que l'autre, Henri réagit le premier :

— Bonjour, Bastien !

Surpris de retrouver Henri huit ans après, Bastien observa un temps de retard pour répondre. Le demi-sourire figé et le raidissement de son corps n'auguraient rien de bon. Finalement, il bredouilla quelques mots :

— Bonjour, Henri, te voilà de retour ?

Henri soupira intérieurement. Le contact rétabli, aucune animosité apparente ne troublait ces retrouvailles. La terrible crainte d'un Bastien détaché et distant ou, pire, celle d'un nouveau voisin refusant tout contact, s'éloignait définitivement. Un immense soulagement parcourut Henri.

— Oui, et j'ai plaisir à te retrouver.

— Moi aussi. Je n'ai pas beaucoup de temps aujourd'hui, mais tu viendras un soir ?

— Merci, au revoir.

Dissimulé dans la pénombre, Henri guetta son ami monter dans sa voiture garée sous l'abri. Un vieux diésel, au moins vingt ans, d'un gris pisseux, les chromes rouillés, cabossé de partout, le même qu'il lui avait toujours connu, mais un peu plus bosselé aujourd'hui, crachotant au démarrage et traînant derrière lui un nuage de fumée tourbillonnant et malodorant. Autrefois, Bastien travaillait dans une usine métallurgique, un travail difficile et mal rémunéré. À l'évidence, rien n'avait évolué.

Henri descendit à pied jusqu'au port. Le parcours piétonnier, amélioré entre temps, se faufilait agréablement entre les propriétés. De nombreux visages inconnus déambulaient sur son chemin. Un petit signe de tête ou un « bonjour » plus appuyé marquaient le croisement, mais à deux reprises, et à distance, des passants firent demi-tour ou changèrent de direction en l'apercevant. Curieusement, Henri n'en prit pas ombrage. Tous les signes accumulés de sa difficile réinsertion ne le plongeaient plus dans la désespérance, voire la déprime. Il en avait pris son parti, savait qu'un long chemin l'attendait, mais que le plus difficile était derrière lui, et que chaque minute le rapprochait de son but ultime : vivre normalement.

Sur le port, de récents aménagements modifiaient la topographie des lieux. Henri n'avait pas remarqué ces améliorations lors de sa courte pose en voiture, mais de nouvelles places de parking, discrètement intégrées sous les arbres, agrémentaient la présence des visiteurs. Assis sur un banc, Henri jouissait à nouveau longuement de son lac pour la première fois. Peu de monde à cette heure matinale, mais quelques jeunes et jolies femmes couraient en jogging, bardées d'appareils de mesure noirs et disgracieux. Celles-là aussi se déshabillaient-elles à vingt heures devant une fenêtre et au regard d'un voisin hébété ? Peut-être… Et que ferait ce voisin ? Probablement la même chose que lui. Le film de ses actes défilait en accéléré, sans satisfaction particulière, mais sans phénomène de rejet massif non plus. Une insolente passivité devant ce terrible passé ressurgissant régulièrement.

Insensiblement, la bise se levait, ridant mollement la surface de l'eau par plaques éparses et miroitantes. Mais, poussés par le vent déjà furieux en altitude, les rares nuages effilochés et laiteux filaient rapidement vers le sud dans un ciel bleu délavé. La couleur de l'eau virait imperceptiblement du gris argent au bleu vert. Autant de signes avant-coureurs sans équivoque possible : dans moins d'une heure, le vent du nord s'engouffrerait entre les montagnes, levant sur l'eau d'imposantes vagues hérissées d'écume déferlante. Le lac deviendra alors impraticable et dangereux. Les pêcheurs, alertés et habitués, commençaient à rejoindre le bord, les sillages rectilignes et brillants de leurs embarcations se dirigeant vers l'abri des ports témoignaient de leur empressement. Autrefois, Henri possédait une barque et louait une boucle d'amarrage, mais son ex avait certainement bazardé l'ensemble. À une cinquantaine de mètres, un homme débarquait. Casquette vissée sur la tête, lunettes de soleil, il sauta alertement sur le ponton, et regarda fixement Henri qui ne le reconnut pas. Approchant lentement, l'homme, sourire aux lèvres, main tendue, ôta casquette et lunettes. Henri se leva et les deux se serrèrent l'un contre l'autre.

— Ah, Henri, je suis heureux de te retrouver !

— Moi aussi, François.

— Mais depuis combien de temps, enfin…

Henri coupa court, et raconta sa libération, son retour, son installation.

— Tu sais, on a tous suivi ton histoire, et tu n'as pas mérité ça. On t'aurait tous acquitté !

Cette dernière phrase replongea Henri au plus profond de son passage en cour d'assises. Finalement, lors de son procès, la hauteur de la peine prononcée tourna autour d'une seule et unique notion : préméditation ou non ! Ce sujet éclipsa tous les autres, l'ampleur et l'intensité des débats le concernant en attestent. Car, au fond, l'affaire était simple : Henri avait étranglé cette femme et avoué les faits. Mais avait-il agi de sang-froid ou sous le coup de la colère et de l'émotion ? Henri et son avocat, Maître Bouillot, eurent une longue conversation sur le sujet. Henri lui confessa qu'en arrivant sur les lieux sa décision était prise. Maître Bouillot le remercia de sa franchise, lui enjoignant de ne plus jamais évoquer ce sujet avec quiconque, et surtout pas lors du procès.

Pourtant, de nombreux éléments plaidaient en faveur de l'absence de préméditation : Henri avait conservé son portable avec lui, ne cherchant donc pas à masquer sa présence sur les lieux. Une caméra de surveillance repéra sa voiture à quelques kilomètres du lieu du crime, à une heure concordante avec les faits. Henri avait étranglé cette femme à mains nues, abandonnant ainsi des traces accusatrices. Restait le constat d'huissier. Le produire à la cour permettait d'accréditer les dires d'Henri. Sans cette incontestable preuve, l'avocat général aurait beau jeu d'accuser Henri d'inventer totalement les séances de déshabillage dans l'immeuble d'en face, cherchant à le faire passer pour un pervers narcissique et mythomane. Et si le jury acceptait l'hypothèse que la conduite de cette femme relevait de l'invention, la peine serait très lourde.

Mais, à l'inverse, la présentation de ce document accréditerait la thèse de la préméditation : pourquoi faire établir un constat d'huissier sinon afin de s'en servir ultérieurement ? Lors d'un procès bien sûr !

La décision fut difficile à prendre, mais Maître Bouillot estima que le bénéfice espéré par la production du document était bien supérieur au risque encouru par son occultation. Comme prévu, l'avocat général s'en donna à cœur joie :

— Mesdames et messieurs les jurés, au moment où l'accusé fit exécuter ce constat, il savait parfaitement ce qu'il faisait : il allait tuer cette femme et exhiberait ce document pour tenter d'accréditer la thèse du crime passionnel ! Donc, ne vous laissez pas abuser, ce crime était prémédité de longue date ! Et les jurés, figés, semblaient tous être convaincus. Heureusement Maître Bouillot, asséna d'une voix forte les éléments contraires :

— Mesdames et messieurs les jurés, vous avez en face de vous un homme qui a commis un horrible crime. Il a ôté la vie et doit être puni. Mais croyez-vous que s'il était venu ce matin-là avec l'intention de tuer, il aurait conservé son portable sur lui et serait sciemment passé devant une caméra, alors que, connaissant parfaitement les lieux, d'autres routes dépourvues de surveillance mènent au même endroit, croyez-vous enfin qu'il aurait négligé le port de gants ? Non, mesdames et messieurs les jurés, ce matin-là, Henri Desroches est venu avec l'intention de discuter, de comprendre, et il a craqué devant l'intransigeance et la posture provocante de cette femme.

Et Maître Bouillot expliqua ne pas demander l'acquittement, mais une peine adoucie par le caractère non prémédité de l'acte. Et il fut entendu : quinze ans. Après une très courte discussion, Henri et son avocat décidèrent de ne pas faire appel.

Henri en eut froid dans le dos : s'il avait, intention louable pour un criminel, cherché à brouiller un peu les pistes, par exemple en laissant son portable à la maison ou en utilisant des gants, la préméditation aurait paru évidente et il en aurait pris pour vingt-cinq voire trente ans !

Autrement dit, peut-être est-il plus rentable pour un criminel de masquer la préméditation plutôt que le crime lui-même ! La peine encourue pour un crime avoué mais non prémédité est plus faible que pour le même crime commis avec tentative de dissimulation et donc préméditation évidente. Très injuste, mais bien réel !

— Tu possèdes toujours ta barque ?

Plongé dans ses souvenirs, Henri en avait oublié François assis à ses côtés.

— Non, malheureusement !

— Si tu veux venir à la pêche, appelle-moi et je t'emmènerai.

François laissa son portable à Henri et disparut.

Le soir même, il était 18 heures, Bastien sonna :

— Rebonjour, si tu as cinq minutes, viens prendre un verre à la maison !

Henri, tout heureux de l'invitation, accepta. Aline, femme de Bastien, le gratifia d'une bise distante. Leurs deux enfants, devenus des ados boutonneux, disparurent dans leur chambre après un froid bonjour. Autrefois, la mère de Bastien vivait avec eux, son absence permit à Henri de relancer la conversation :

— Comment va ta maman ?

— Malheureusement pas fort, elle est atteinte de la maladie d'Alzheimer, et on ne pouvait plus l'héberger chez nous. Elle est dans une institution spécialisée à quatre-vingts kilomètres d'ici.

— Mais c'est loin !

— Oui, mais ces maisons sont rares, et on attend une place à Annecy. La liste d'attente est longue, probablement plusieurs années. Je vais la voir tous les samedis après-midi. Mais je ne sais pas si ma pauvre guimbarde survivra à ces nombreux allers-retours !

Bastien avait lâché cette phrase moitié plaisanterie, moitié sérieux. Après quelques secondes d'intense réflexion, Henri, intrigué et intéressé, saisit l'opportunité :

— Si tu veux, je te vends la mienne !

Son voisin, surpris mais curieux, observait fixement Henri :

— Tu vas changer de voiture ?

— Oui, probablement.

— Et combien me vendrais-tu celle-là ?

Henri expliqua qu'il souhaitait une voiture plus grande, que celle-ci n'avait que 70 000 kilomètres malgré ses 13 ans, qu'une révision complète venait d'être effectuée.

— Autour de 3000 euros.

— Trop cher pour moi. Tu sais, aujourd'hui, de nombreuses promotions avec reprise permettent de toucher un véhicule d'occasion moins polluant pour 1500 ou 2000 euros.

Henri réfléchissait :

— Bastien, tu as été très sympa de m'accueillir gentiment après ma détention. Il est très important pour moi de retrouver un cadre de vie stable. Alors, si tu veux, et pour te remercier, je peux te la laisser à 1500 € !

Désarçonné par cette proposition, il ne répondit pas tout de suite. Henri insista :

— Alors, qu'en penses-tu ?

Bastien, le regard triste, dévisageait Henri, qui ne savait comment interpréter l'attitude de son ami. Une suggestion lui traversa l'esprit :

— Si tu veux, on pourrait étaler le règlement sur plusieurs mois, j'ai toute confiance en toi !

Subitement, le visage de Bastien s'éclaira : le problème résidait bien là !

— Ta proposition m'intéresse, laisse-moi un jour ou deux de réflexion, je t'en reparlerai.

Quelques jours plus tard, Didier et Évelyne avaient invité Henri à passer la journée avec eux. Henri refréna à grand-peine l'envie de serrer fort Évelyne dans ses bras, mais il n'osa pas devant Didier. Celui-ci devinait-il les liens de plus en plus étroits l'unissant à Évelyne ? Certainement, les regards et sourires échangés n'entretenaient aucune ambiguïté. Et cette situation gênait Henri.

L'après-midi, Didier s'absenta, laissant seuls Évelyne et Henri qui passèrent un très bon moment ensemble. Henri était heureux, la vie lui offrait de plus en plus de plaisirs, même si, au fond de lui, il ne réussissait pas à en jouir intensément. Évelyne, nue, sortait de la salle de bains et revenait vers Henri qui remarqua un détail lui ayant échappé jusque-là : une cicatrice, à peine visible et certainement très ancienne balafrait le bas du ventre de sa compagne. Évelyne remarqua les regards appuyés d'Henri, masqua instinctivement son anatomie de sa main, et s'allongea près de son amant.

— Tu as eu une césarienne ?

Évelyne partit d'un grand éclat de rire !

— Mais non ! et puis une césarienne ne laisse pas ce genre de traces !

Henri riait aussi.

— Tu sais, moi et les cicatrices !

Silencieuse et perturbée, Évelyne ne disait mot, et Henri ne souhaitait pas pousser plus loin l'interrogatoire mais sa compagne reprit le dialogue :

— Je t'ai expliqué que j'ai pu prendre mon indépendance quand l'homme qui me dominait a été incarcéré. Mais ma fuite n'a pas plu à tout le monde, et un proxénète a voulu faire un exemple, m'a pourchassée, m'a retrouvée et a tenté de m'assassiner. J'ai pris une balle dans le ventre, et une autre a frôlé le cœur ! Huit jours de coma et trois mois de convalescence.

Et elle montrait une longue cicatrice un peu dissimulée sous le sein gauche.

— On a retrouvé cet homme ?

— Oui, il a été condamné à vingt-cinq ans, et à l'époque cette condamnation a calmé les esprits. Mais, pendant quelques années, on m'a délivré un permis de port d'armes, car ma vie était gravement menacée.

D'un grand geste du bras devant son visage, Évelyne chassait ses souvenirs :

— Tout ça, c'est du passé ! Aujourd'hui, tu es là, je me sens très bien avec toi, la vie est belle !

— Oui, la vie est belle…

La semaine suivante, Bastien sonna un soir chez Henri :

— Salut, Henri, j'ai bien réfléchi à ta proposition, et elle m'intéresse. Ta voiture a peu de kilomètres, révisée récemment, elle est tout compte fait plus alléchante que les occasions qu'on me propose par ailleurs. Du point de vue du paiement, comment pourrait-on faire ?

— Si tu veux, je t'accorde douze mensualités de cent vingt-cinq euros. Ça peut aller ?

Le visage de Bastien rayonnait, un grand sourire plissait ses yeux :

— Oui, oui, c'est parfait.

— Laisse-moi quelques jours, le temps de trouver une bonne occasion et on règle ça.

— Merci beaucoup.

Bastien traversa la cour, le pas alerte et la mine réjouie.

Henri jeta son dévolu sur une Clio rouge, récente, en parfait état, ayant parcouru peu de kilomètres. La plupart des autres modèles identiques étaient noirs ou gris métallisé, mais Henri aimait le rouge.

Bastien et Henri signèrent tous les documents de vente, le seul petit problème fut la clé :

— Il ne me reste qu'une clé, l'autre était en possession de mon ex-femme et je n'ai aucun moyen de la récupérer.

Bastien n'y trouva rien à redire, trop content de prendre possession d'une voiture certes pas de première jeunesse, mais en bien meilleur état que celle dont il se séparait et qui rejoindrait bientôt la casse.

Case départ

Henri ressentait exactement la même gêne, la même inquiétude et la même peur panique que le jour où il devait franchir la porte de la prison. À cette énorme différence près que quelques semaines auparavant c'était pour sortir, alors qu'à cet instant précis c'était pour entrer… Entrer dans cet atelier quitté huit ans plus tôt par la force des choses. Situé en zone artisanale, le bâtiment rectangulaire, recouvert d'un bardage bleu, n'avait pas trop mal vieilli : quelques coulures sur les parties métalliques, des points de rouille au droit des portes, mais rien de bien inquiétant. Sur le pas de la porte, ce bienheureux passé ressurgissait brutalement : le bruit singulier de chaque machine, le grincement de la dégauchisseuse, les stridentes vibrations de la scie à ruban, le sifflement des aspirateurs investissaient à nouveau tout son être, exacerbés par l'absence de casque protecteur. Les copeaux jaillissant en gerbe de la raboteuse, aspirés dès leur sortie, ressemblaient à une nuée d'insectes rejoignant leur nid en une cohorte organisée et disciplinée. Henri demeura ainsi de longs instants, invisible dans l'embrasure de la porte, à humer cette atmosphère familière et retrouvée. L'odeur des bois fraîchement travaillés, celle de la glu chaude achevaient de replonger Henri dans ce passé qui lui collait encore à la peau. Un passé bouleversé tout de même, de nombreuses machines nouvelles surmontées d'imposants écrans multicolores inquiétaient Henri au plus haut point. Serait-il capable de les apprivoiser et de les dominer ? Il hésitait à entrer, aurait pu appeler son ancien patron, le prévenir de sa visite, mais les réactions de ses ex-collègues de travail auraient perdu leur spontanéité, et Henri voulait absolument juger le comportement des uns et des autres avec l'effet de surprise.

Mais c'était risqué ! Quelques remarques désobligeantes lancées à la cantonade ruineraient sans coup férir tous ses espoirs.

Un pas en avant et le voilà à découvert dans l'atelier. D'abord les regards froids et inexpressifs des nouveaux venus, l'assimilant probablement à un client en quête de conseils. Puis les autres. Les sourires figés d'anciens compagnons, indécis sur la conduite à tenir, certains remettant de suite le nez sur leur ouvrage, d'autres esquissant un geste de bienvenue, et José, avec lequel Henri s'entendait à merveille, qui arrêta sa machine, s'approcha main tendue, un grand sourire illuminant son visage. Il serra Henri dans ses bras.

— Enfin, te revoilà parmi nous !

— Oui, momentanément, mais j'aimerais tant retrouver mon travail ici ! Tu crois que c'est possible ?

José ne répondit pas à la question. Ce n'était pas de son ressort, même si lui souhaitait ardemment le retour de son ami. Mais les autres ?

André Rollin, le patron, assistait à la scène depuis son bureau vitré, dans un angle du bâtiment. Surpris, mais sans plus, par la visite d'Henri, il savait qu'un jour ou l'autre son ancien employé retrouverait le chemin de la menuiserie. Il aimait trop ce métier, et les très agréables années passées ici l'inciteraient naturellement à y revenir. André quitta son bureau, s'approcha, et tendit en souriant une main ferme à Henri.

— Salut, Henri, tu n'as pas changé !

— Salut, André, toi non plus !

— Viens dans mon bureau !

Sur le chemin, Henri serra quelques mains, chaleureuses pour certaines, indifférentes pour les autres. Rien n'était gagné d'avance !

— Assieds-toi !

Sylvie, la secrétaire, n'avait pas beaucoup changé non plus. Elle s'approcha, se pencha et fit une bise à Henri comme au bon vieux temps…

— Alors, Henri, comment se passe ta vie d'homme libre ?

— Oh, ce n'est pas facile tous les jours, mais depuis un mois maintenant que je suis sorti, je retrouve doucement mes marques : ma maison, mon voisin, mon lac.

Henri prit bien garde de ne pas évoquer Didier et Évelyne, ces fréquentations douteuses risquant d'indisposer André, doté d'un caractère psychorigide et peu conciliant. Celui-ci entra directement dans le vif du sujet :

— Tu voudrais retravailler ici ?

— Oui, bien sûr, c'est mon vœu le plus cher, qui me permettrait de retrouver totalement mon équilibre.

— Depuis que tu es sorti, j'y pense aussi. On formait une belle équipe tous les deux. Bien sûr, en huit ans les machines ont évolué, mais tu es intelligent, et quelques jours de formation te remettront à niveau. Mais le problème principal n'est pas là !

Henri se recroquevillait sur sa chaise, tête basse, le visage défait. Il n'ignorait pas que le problème résidait ailleurs.

— Tu comprends bien que je ne peux prendre cette décision seul. Cela pourrait mettre le feu à l'atelier et irrémédiablement casser l'ambiance. Si tu n'étais qu'un ouvrier banal, je n'essaierais même pas de te réintégrer, mais tu es un bon, et ça compte ! Alors, laisse-moi un peu de temps, je te rappellerai.

Henri se leva, balbutia quelques remerciements, fit un geste à Sylvie qui lui rendit avec un grand sourire, puis sortit du bureau et traversa l'atelier en regardant droit devant lui. Il devinait la vingtaine de paires d'yeux, curieux, fixés sur son dos.

De retour chez lui, Henri consulta son téléphone. Il n'appréciait pas cet appareil, très dérangeant, supprimait systématiquement le vibreur, positionnait le niveau de sonnerie à zéro, et avait annulé tous les sons d'alerte. En revanche, deux ou trois fois par jour, il vérifiait la présence éventuelle de messages. Oh, ceux-ci, très rares, n'encombraient guère sa messagerie. Mais ce matin-là, Évelyne avait cherché à l'appeler.

— Bonjour, Évelyne, comment vas-tu ? Tu m'as appelé ?

Un long silence intrigua Henri.

— Allô, allô, je ne t'entends pas !

— Je suis là, je n'ai pas le moral, est-ce que je peux venir te voir demain ?

— Oui, bien sûr, je suis tellement heureux de te retrouver, mais qu'est-ce qui ne va pas ?

— Ce serait trop long à t'expliquer au téléphone. J'arrive demain, par le train de 10 heures 12, tu peux venir me chercher à la gare d'Annecy ?

— Oui, bien sûr, mais à quelle heure repars-tu demain soir ?

À nouveau un blanc au téléphone…

— Je ne sais pas, je n'ai pas encore regardé.

— On verra bien, mais tu n'as vraiment pas l'air en forme ?

— On parlera de tout ça demain.

— À demain, Évelyne, je t'embrasse !

— À demain, Henri, je t'embrasse aussi !

Henri, pensif, ne parvenait pas à se détacher du mal-être d'Évelyne. Il se passait quelque chose de sérieux. Et puis pourquoi ne venait-elle pas en voiture comme toutes les autres fois ? Oui, Henri était inquiet. Il hésita à la rappeler pour en savoir plus, mais finalement se décida à attendre le lendemain.

Le TER roulait lentement jusqu'à son terminus, passa devant Henri qui aperçut Évelyne debout derrière une porte. Le train comme la gare était presque désert. Évelyne descendit. Le sempiternel sac à main volumineux et défraîchi qui ne la quittait jamais pendait à son épaule gauche. Mais, immédiatement, Henri remarqua deux détails intrigants. D'abord, elle portait des lunettes de soleil, bien inutiles par ce jour gris et venteux, et puis, surtout, une valise pendait au bout de son bras droit ! Évelyne posa son bagage et serra fort Henri dans ses bras. Une étreinte longue et passionnée. Henri s'écarta un peu, saisit délicatement les lunettes au niveau du nez et les retira doucement. Évelyne le laissa faire calmement, ne détournant pas son visage. Son œil droit, tuméfié, à moitié fermé, laissait apparaître un cerne violacé en demi-cercle juste au-dessous de la paupière. Henri replaça lentement les lunettes et embrassa furtivement Évelyne sur les lèvres.

Aucune parole n'avait encore été échangée entre eux, mais tout était dit. Henri s'approcha d'Évelyne et lui susurra à l'oreille :

— Tu peux rester le temps que tu veux.

Pour toute réponse elle rendit son baiser à Henri.

Pendant le retour à la maison, Henri prit la main d'Évelyne assise à côté de lui.

— Que s'est-il passé ?

Évelyne se sentait mieux, confiante et rassurée.

— Didier m'a asséné un coup de poing hier après-midi.

Henri sentait une colère sourde monter en lui.

— Il est coutumier du fait ?

Évelyne prit son temps.

— Non, pas à ce point-là, mais il m'invective souvent, sur ma conduite, sur mes relations, et puis tu ne t'en es peut-être jamais aperçu, mais il boit et étant très éméché, ses retours sont toujours difficiles à supporter.

— Et hier ?

— Didier travaille de moins en moins, et m'a demandé de payer le loyer en totalité. Il dépense au bistrot le peu d'argent gagné, et c'est à moi d'assumer de plus en plus les dépenses courantes, le loyer bien sûr mais aussi l'eau et l'électricité, et l'entretien de la voiture. Mais tu connais ma situation, mes revenus ne sont pas extensibles, et j'ai refusé. Alors il m'a frappée.

— À qui appartient la voiture ?

— À lui, mais comme je m'en sers de temps à autre, je participe aux dépenses de carburant et d'entretien.

Henri, interloqué, n'en revenait pas. Mais il n'était pas au bout de ses surprises. Évelyne reprit son monologue :

— Tu sais, Didier et moi n'avons aucun sentiment l'un pour l'autre, aucun rapport intime non plus, je m'y refuse. Habituellement, nous dormons chacun dans une chambre. Lorsque tu as passé une nuit chez nous, j'ai bien dû dormir dans le même lit que lui, il a essayé de m'approcher et je l'ai repoussé. Cette scène a encore plus détérioré nos relations. Si par hasard il gagnait au loto, il me mettrait dehors tout de suite !

Henri n'avait jamais envisagé la situation sous cet angle. Pour lui, Évelyne était la compagne de Didier, dans toute l'acception du terme. La découverte de leur relation disjointe, celle de deux colocataires finalement, ouvrait de nombreuses perspectives, très agréables pour certaines mais dangereuses pour d'autres…

— Didier sait que tu es ici ?

— Non, je ne lui ai rien dit, mais il doit bien s'en douter. Où voudrais-tu que j'aille ?

— Chez ta mère, à Lyon !

— Pour m'entendre dire que c'est bien fait pour moi, que je pourrais vivre différemment, et toute la litanie des reproches habituels ? Non, merci !

— Excuse-moi, ma chérie, j'ai été idiot de faire cette proposition, tu es tellement mieux avec moi ici, je suis tellement heureux de t'accueillir.

Arrivés à la maison, Évelyne proposa de faire quelques courses, insista, mais pas trop, pour régler la note, ce qu'Henri refusa. Les jours qui suivirent furent très plaisants, dans une ambiance décontractée entre promenades, visites, et longs séjours au bord du lac. Une excursion à Thonon également, où Henri se rendait souvent seul le samedi. Il adorait le Léman autant que le lac d'Annecy, comparant à qui voulait l'entendre une mer avec une mare ! Un après-midi, Henri fit une curieuse demande à Évelyne :

— Pourrais-tu m'accompagner pour acheter des meubles, j'en ai assez de mon intérieur vieillot, je voudrais tout renouveler, et tes conseils me seront précieux.

Évelyne jubilait. Si Henri l'associait à ce projet, c'était probablement pour qu'elle se sente bien à Frétigny, au sein d'un intérieur qu'elle aurait elle-même choisi. Et, par extension, elle imaginait qu'Henri lui proposerait bientôt de vivre ici en permanence. Et cette éventualité l'enchantait. Le lendemain, les gros achats effectués, les deux se promenaient le long du lac, se tenant par la taille, heureux et détendus. Mais le portable d'Évelyne vibrait trop souvent, de nombreux messages arrivaient, auxquels elle répondait avec dextérité sur le clavier, interrompant ainsi une conversation ou un moment de calme réparateur. Ce qui eut le don d'exaspérer Henri qui sortit de ses gonds :

— Enfin, Évelyne tu n'as pas fini avec ce téléphone !

Évelyne, surprise et désarçonnée, s'interrompit immédiatement, jeta un regard courroucé à Henri et fourra le portable dans son sac. Un long et lourd silence s'installa.

— De toute façon, je ne peux pas rester ici plus longtemps. Je repars demain.

Elle consultait déjà les horaires SNCF, mais Henri intervint :

— Tu es sûre de ne pas vouloir rester plus longtemps ?

Après une longue hésitation, la réponse tomba sèchement :

— Oui !

Henri, triste et déçu, tenta une réconciliation :

— Excuse-moi, Évelyne, je ne voulais pas te faire de peine, je n'aurais pas dû me comporter brutalement avec toi, tu ne mérites pas ça.

Henri s'approcha, prit Évelyne dans ses bras, elle sanglotait contre sa poitrine. Henri sentit les larmes monter en lui. Il caressait ses cheveux, l'embrassait gentiment sur la joue.

— Je voudrais que tu restes quelques jours de plus.

La réponse fusa instantanément :

— Non !

Dans la soirée, s'isolant dans un coin de la maison, Henri décida d'appeler Didier. Il redoutait sa réaction lors du retour d'Évelyne. Mais la conversation fut plutôt calme et pondérée. Didier se doutait qu'Évelyne se trouvait à Frétigny, n'était pas inquiet. Il regrettait son geste, en reconnaissant tout de même qu'Évelyne avait le don de l'énerver, par ses réflexions, par son comportement accusateur et la réception de tous ces hommes au sein de leur appartement commun. Mais il promit de ne plus jamais toucher à Évelyne. Et Henri voulait y croire.

Revenu auprès d'Évelyne, Henri lui fit part de la conversation. Surprise au début, elle retrouva sa sérénité au fur et à mesure du compte rendu.

— Demain, je te ramène chez toi.

— Ce n'est pas la peine, je vais prendre le train !

— Non, et ça suffit maintenant !

Cette injonction aurait pu la mettre en colère, mais elle l'acceptait de la part d'Henri. Enfin un homme la rudoyait gentiment, la mettant en face de ce qui ressemblait à un caprice. Elle s'approcha et le prit dans ses bras.

Henri dormit très mal cette nuit-là. La situation de l'improbable et mystérieux attelage Évelyne-Didier l'inquiétait au plus haut point. Elle était condamnée à vivre dans cet appartement, car sa seule et hypothétique source de revenus en dépendait. Incapable de payer un loyer et des frais annexes de logement à elle seule, aucune autre solution n'existait. Et Didier se trouvait à peu près dans la même panade. Henri s'attachait de plus en plus à cette femme malchanceuse depuis son plus jeune âge, mais dévouée, gentille, faisant front et ne se plaignant que rarement de sa condition. Et la réciproque se vérifiait : Évelyne aimait Henri, cette imposante et impressionnante carcasse abritant un être attentionné et généreux, mais fragile et peu sûr de lui. Par moments, des bouffées de bienveillance envahissaient Henri : Évelyne pourrait vivre à temps complet à Frétigny, elle y serait parfaitement bien, Henri serait très heureux et fier de la détacher enfin de ses sordides activités et il aurait, une fois un travail retrouvé, les moyens d'assurer la vie du couple. Et puis Évelyne pourrait se procurer quelques revenus annexes plus avouables, de nombreux retraités locaux apprécieraient une aide pour faire des courses, du ménage ou du repassage. Oui, cette formule était viable, mais Henri ne s'expliquait pas sa propre réticence à la proposer, ce blocage interne qui lui interdisait d'associer pleinement sa vie à celle d'Évelyne. Il souhaitait passer le plus possible de temps avec elle, mais sans jamais que ces moments ne confinent à la perpétuité.

Didier ne jeta pas le moindre regard à Évelyne lors de son retour. Elle fila directement dans sa chambre, balança la valise sur le lit, cachant mal les larmes qui coulaient sur ses joues. Henri se précipita derrière elle, la prit dans ses bras. Elle le serra très fort. Henri ouvrit la bouche pour parler, mais s'arrêta net. Évelyne, témoin de sa mimique, osa demander :

— Tu voulais me dire quelque chose ?

Bien sûr, la phrase était au bord de ses lèvres, toute prête, et Évelyne aurait sans aucun doute répondu « oui » à cette proposition de repartir tous les deux de suite à Frétigny. Mais Henri ravala sa salive, dissimula ses yeux embués, s'écarta lentement et disparut. Didier constatait le désarroi d'Henri, son regard triste, la moue persistante de sa bouche, et ses mains séchant les larmes sur ses joues, exprimant ainsi sa profonde désolation d'abandonner ainsi Évelyne dans cet endroit abject, à ses misérables activités, et aux mains d'un homme violent et froid.

Henri fixa Didier droit dans les yeux :

— Tu tiendras ta promesse ?

— Mais quelle promesse ?

Henri hochait la tête en signe d'incompréhension :

— De ne plus jamais lever la main sur Évelyne !

— Ah, oui, c'est vrai, j'ai dit ça !

— Et alors ?

— Évelyne, je m'en fous, elle fait ce qu'elle veut, tout ce qui m'intéresse est qu'elle paie une partie des frais.

— Et ta promesse ?

— Oui, oui, t'inquiète pas, ça ne se reproduira plus. J'avais un peu bu, j'étais énervé.

Encore une fois, Henri osait y croire pour se déculpabiliser.

À plusieurs reprises, lors du retour, Henri faillit opérer un demi-tour pour chercher Évelyne, mais une irrépressible force interne l'en dissuada. Une lutte sans merci, au cœur même de son être, entre la profonde envie de sauver Évelyne, et la crainte sous-jacente de créer ainsi un témoin permanent de son existence.

Ce lundi matin

Trois mois plus tard, un lundi matin, dans les journaux aussi bien que sur les chaînes d'info nationales ou continues, la nouvelle fait les gros titres : une femme sauvagement étranglée en Haute-Savoie, dans la région de Faverges. Pour l'instant, les détails manquent, l'identité de la victime reste inconnue, de même que les circonstances précises du meurtre. La brigade de gendarmerie de Faverges, sous les ordres du capitaine Farges, est chargée de l'enquête.

Farges, la quarantaine rayonnante, grand, sportif, dynamique, dirige cette compagnie depuis une dizaine d'années. Fraîchement nommé à Faverges, il procéda à l'arrestation d'Henri, et témoigna lors de son procès. Depuis sa nomination, ses excellents résultats lui promettent une carrière ascendante, et une promotion imminente est envisagée.

Assailli de questions de toutes natures, le procureur d'Annecy, assisté du capitaine, organise à 11 heures une conférence de presse dans une salle du tribunal. Une cinquantaine de journalistes venus de la France entière et même de la Suisse voisine assistent à l'événement. Le procureur prend la parole :

— Une femme d'une trentaine d'années prénommée Éloïse a été découverte décédée dans un bosquet jouxtant un parcours de santé près de la commune de Faverges. Les traces de strangulation ne laissent que peu de doute sur l'origine de la mort, mais l'autopsie à venir permettra d'en savoir plus.

Les mains se lèvent, les questions fusent, s'entremêlent dans un indescriptible brouhaha. Le procureur, visage fermé, lève les bras pour ramener le calme.

— Messieurs, s'il vous plaît, chacun son tour, veuillez lever la main et je donnerai la parole à tour de rôle. Personne ne sera oublié. Monsieur ?

— Charles Dutour, Europe 1. Connaît-on plus précisément l'heure de la mort ?

— Non, l'autopsie nous éclairera.

— Jacques Maire, le Dauphiné. Quel est l'état civil de cette femme, mariée, des enfants ?

— Pour l'instant, et pour préserver une certaine confidentialité à l'enquête, nous ne communiquons que son prénom.

— Jean Paris, LCI. A-t-on une idée du mobile du crime, et de l'assassin potentiel ?

— Non, rien pour l'instant.

Le procureur passe la parole au capitaine Farges :

— Comme vous le constatez tous, nous ne sommes qu'au tout début de l'enquête, et de nombreux éléments nous manquent. Une nouvelle conférence aura lieu mercredi, à une heure que nous vous communiquerons en temps utile. Merci à tous.

Une ambiance houleuse clôtura la conférence. Déçus du peu de renseignements glanés, l'ensemble des journalistes maudissait les organisateurs en les accusant de rétention d'informations. Chacun se demandait quelle tournure prendrait son article du lendemain avec si peu de détails. Les plus hardis décidèrent de se rendre sur les lieux malgré l'interdiction qui leur avait été signifiée. Le défilé de voitures, chacune arborant fièrement sur ses flancs le nom du journal ou de la chaîne, se heurta bien sûr à un barrage de gendarmerie à l'approche du lieu du crime. Les photographes mitraillèrent de loin une escouade de gendarmes ratissant méticuleusement le terrain. Grâce aux téléobjectifs, ces photos illustreraient médiocrement le maigre article du lendemain.

Le mercredi après-midi, une nouvelle conférence de presse attira à peu près les mêmes, avides de revanche. Pressés par les événements, le procureur concéda quelques éléments supplémentaires en pâture aux journalistes :

— Par rapport à lundi dernier, les principales nouvelles proviennent de l'autopsie réalisée hier. Les résultats montrent que la mort est consécutive à une strangulation. Aucune autre trace de violence n'apparaît sur le corps.

Même tumulte, mêmes bras levés, même résultat :

— Y a-t-il eu viol ou sévices sexuels sur le corps ?

— Non, aucune trace de ce genre malgré une recherche très approfondie.

— Avez-vous pu identifier la présence d'un ADN sur le corps ou les vêtements ?

Les deux organisateurs se regardent, et le capitaine Farges répond :

— A priori, bien qu'il reste quelques analyses à faire, aucune trace ADN sur le cou de la victime. Le meurtrier portait très probablement des gants. Les vêtements sont toujours en analyse et nous n'aurons certainement pas de réponse avant plusieurs semaines.

— Pourquoi des résultats si lointains ?

— Chaque millimètre carré de vêtement doit être examiné avec attention, cela demande évidemment beaucoup de temps !

— Avez-vous des pistes ?

— Nous resterons très discrets sur ce sujet, vous comprenez pourquoi…

— Connaît-on plus précisément l'heure de la mort ?

À nouveau, les organisateurs échangent un regard furtif. Faut-il répondre à cette question sans mettre en péril la confidentialité de l'enquête ? Finalement, le procureur précise :

— Entre 15 et 19 heures.

D'autres questions sans grande importance furent posées, principalement destinées à étoffer les articles avec des détails plus ou moins sordides. Puis la conférence se termina.

La gendarmerie poursuivit son enquête de routine : la victime avait trente-sept ans, mariée, deux enfants, habitait Faverges, travaillait dans un supermarché local. Rien, dans sa vie privée, ne clochait. Une vie de couple épanouie, de nombreux amis, pas d'ennemis reconnus ou déclarés. Aucune piste, si ténue soit elle à se mettre sous la dent. Au bout d'une semaine, à court d'idées, un appel à témoin fut lancé dans le Dauphiné, incitant tout individu ayant fréquenté le parcours l'après-midi du crime de bien vouloir prendre contact avec la gendarmerie.

Plus d'une centaine de personnes se manifestèrent, débordant totalement les gendarmes qui durent faire appel à leurs collègues d'Albertville. Une cellule spéciale fut créée. On demanda à chaque témoin l'heure à laquelle il se trouvait sur le parcours, si un élément inhabituel l'avait interpellé, et on lui présenta deux photos. Celle de la victime, bien sûr, qu'une douzaine de personnes reconnurent, ce qui permit en fonction de l'horaire et du lieu exact de la rencontre, d'affiner l'heure du crime : entre 16 et 17 heures.

Mais les enquêteurs présentèrent une deuxième photo. Celle d'Henri Desroches ! La gendarmerie, informée de sa libération quelques mois plus tôt, n'ignorait pas qu'il résidait à nouveau à Frétigny. De plus, deux gendarmes, déjà en poste ici à l'époque, avaient participé à son arrestation et à sa garde à vue, et même témoigné lors du procès d'Henri, huit ans plus tôt, en compagnie du capitaine Farges.

L'issue de ce procès fut conditionnée par deux éléments complémentaires et d'égale importance. Le premier, déjà évoqué, concerne la préméditation. En fin de compte, et après des débats houleux et passionnés, celle-ci ne fut pas retenue par les jurés. Le second touche à la personnalité d'Henri, et plus particulièrement aux risques éventuels de récidive.

Le premier expert psychiatrique chargé d'étudier cet aspect rencontra Henri à de multiples reprises, et fut frappé d'emblée par la froideur de son patient. Peu d'empathie pour qui que ce soit ne se manifestait. Il rapprocha ce trait de caractère de l'abandon par ses parents, Henri s'avérait incapable de restituer une attention et une tendresse dont il n'avait jamais bénéficié. Une tendance légèrement paranoïaque fut également décelée : quelques heurts avec ses collègues de travail, accusés de chercher à lui compliquer la tâche, et le comportement de cette femme, qu'Henri assimilait à de la drague, dans le seul but de l'exciter pour lui pourrir la vie. Rien de préoccupant, selon le spécialiste, un stade précoce de la paranoïa ne semblant pas s'être aggravée au cours des dernières années. Pour le reste, Henri jouissait d'unc vie sociale équilibrée, bien que réduite, quelques amis réguliers, une bonne entente avec son voisin et une vie de couple normale, mais sa femme, elle aussi, souffrait de la froideur et d'une certaine inconstance de son mari. Enfin l'expert conclut à une légère altération du discernement au moment du passage à l'acte, liée à l'attitude provocatrice et extrémiste de cette femme. Donc, les risques de récidive s'avéraient pratiquement nuls sauf si, bien sûr, une situation parfaitement similaire se reproduisait. Une probabilité proche de zéro !

Les conclusions de cet expert déclenchèrent la fureur des proches de la victime et de leur avocat, qui exigea aussitôt une contre-expertise. Celle-ci fut menée par un médecin parisien, désigné par le juge avec l'accord de la famille. De nouvelles études approfondies furent menées concernant la personnalité d'Henri, mais sans que leur résultat s'écarte vraiment des conclusions du premier rapport. Seul ce jusqu'au-boutisme dévastateur interpella les spécialistes. Henri s'avéra incapable de mettre en œuvre le « lâcher prise » qui s'imposait en pareille circonstance, mais ce trait de caractère ne s'assimilait à aucune maladie mentale reconnue. Et, comme dans les conclusions de la première expertise, le risque de récidive fut totalement écarté. Il fut également procédé à un test du quotient intellectuel d'Henri. Les résultats, surprenants, imposèrent une réitération qui présenta la même conclusion : Henri jouissait d'une intelligence très supérieure à la moyenne avec un QI de 128, tout proche de la zone des surdoués. Chacun s'étonna alors de l'abandon prématuré de ses études pour entrer comme apprenti en menuiserie. Cet échec fut rapproché de sa vie précoce en familles d'accueil, qui ne facilitait ni l'assiduité à l'école ni le confort nécessaire pour étudier.

Les gendarmes présentèrent donc la photo d'Henri à la centaine de témoins ayant fréquenté les lieux l'après-midi du crime. Deux seulement hésitèrent, croyant reconnaître un homme présent sur le parcours. Mais la fragilité de leurs affirmations, leur profonde hésitation, leur incapacité à décrire plus avant l'homme rencontré et les circonstances de la rencontre amenèrent les gendarmes à douter de ces deux seuls témoignages positifs. Et puis les 98 autres nièrent catégoriquement la présence d'Henri sur les lieux. Une ultime vérification cependant s'imposait : la voiture d'Henri se trouvait-elle sur le parking ? Il avait acheté quelques mois plus tôt une Clio rouge. Mais, au dire de tous les témoins, aucune voiture rouge ne se trouvait à proximité.

La perplexité du capitaine Farges atteignait des sommets. Il ne détenait rien, rien sur ce crime, pas la moindre piste. L'audition de la centaine de témoins ne permettait pas de discerner le moindre élément, le moindre événement susceptible d'orienter l'enquête. Cependant, le mode opératoire était la copie conforme du crime commis dix ans plus tôt par Henri : même âge de la victime, même étranglement, même cache du corps dans un bosquet, identité de lieu, un parcours de santé. Le capitaine Farges, homme d'expérience, connaissait la fragilité globale des témoignages lors de toutes les enquêtes. Ce n'est pas parce que personne n'a remarqué de voiture rouge qu'il n'y en avait pas une ! Ce n'est pas parce que personne n'avait formellement reconnu Henri qu'il n'était pas sur les lieux ! Ou alors, un obscur et malsain imitateur tentait de faire accuser Henri à sa place. Finalement, et après mûre réflexion, le capitaine prit une ultime décision : convoquer Henri.

— Asseyez-vous, monsieur Desroches.

Le capitaine et deux gendarmes sont assis d'un côté de la longue table, Henri de l'autre.

— Monsieur Desroches, on vous a appelé trois fois, vous ne répondez pas au téléphone ?

— Non, rarement, je n'aime pas être dérangé par ce machin. Si c'est important, les gens laissent un message et je rappelle quelques heures plus tard. Ce que j'ai fait avec vous.

— Monsieur Desroches, où étiez-vous le samedi 13 novembre entre 15 et 18 h ?

Henri hochait la tête, un léger sourire crispé sur le visage, dévisageait un à un ses interlocuteurs en soutenant longuement leurs regards inquisiteurs.

— Ah, ça y est ! Vous voulez me coller ça sur le dos !

— Nous n'en sommes pas là. Répondez simplement à ma question.

— J'étais à Thonon.

— Pour quel motif ?

— Me promener, j'aime beaucoup cet endroit et j'y vais presque chaque semaine.

— À quelle heure êtes-vous parti ?

— Vers 14 h.

— Et rentré ?

— Vers 19 h 30.

— Avez-vous rencontré d'autres personnes ?

— Bien sûr, j'ai croisé beaucoup de monde sur le port.

— Des personnes pouvant corroborer cet emploi du temps ?

— Euh, non, personne de connu.

— Pouvez-vous nous communiquer les dates et heures de vos récents allers-retours à Thonon ?

— Oui, sans aucun problème.

Le capitaine et les gendarmes quittèrent la pièce quelques instants. Une courte conversation entre eux les amena à la même conclusion : rien de tangible ne permettait d'accuser Henri, et il était impossible de le garder plus longtemps.

— C'est bon, Desroches, vous pouvez y aller.

Deux jours plus tard, le relevé des relais actionnés par le portable d'Henri confirma ce déplacement : tous avaient été déclenchés entre Annecy et Thonon, à l'aller comme au retour, aux heures indiquées par Henri. De plus, les nombreuses promenades à Thonon détaillées par Henri concernant les semaines précédentes étaient toutes corroborées par son portable.

Aucun doute possible, Henri était définitivement hors de cause. Mais qui alors ? Qui était l'auteur de ce crime horrible, sans mobile apparent ? Le capitaine Farges, totalement désorienté, reçut quelques jours plus tard un ultime coup de massue : aucune trace ADN, si minime soit-elle, sur le corps et les vêtements de la victime. Le « crime de Faverges », comme le nommaient de plus en plus communément la plupart des journalistes, resterait-il définitivement mystérieux ? Faudra-t-il, comme dans certaines autres affaires, attendre des années et une circonstance fortuite pour enfin démasquer l'assassin ? La discrète mais indubitable pression de sa hiérarchie, exacerbée par l'impatience non dissimulée de la population, puissamment relayée par les journaux, précipitait le capitaine dans une situation désastreuse et inextricable. Les médias, toujours en quête de sensationnel, avaient beau jeu de rapprocher les deux crimes commis à dix ans d'écart, évoquant implicitement un serial killer ou deux criminels rivaux et concurrents. Bien sûr, la première hypothèse ne tenait pas, l'auteur du premier crime ne pouvant être l'auteur du second, mais les journalistes, toujours prompts à dénoncer l'inefficacité de la police, s'en moquaient. Dans tous les cas, les habitants paniquaient, personne n'était en mesure de les rassurer et cette situation fournissait un prétexte à de nouveaux articles. À cent kilomètres à la ronde, les parcours de santé, chemins de randonnée, aires de jeux se désertifiaient, plus personne n'osait s'y aventurer !

Devant cette inquiétude générale grandissante, et autant par souci d'efficience que pour calmer la population, le capitaine Farges fut déchargé de l'enquête, laquelle fut confiée au SRPJ de Lyon. Ce nouveau départ, annoncé à grand renfort de communication, devait permettre d'élucider rapidement l'affaire : on allait voir ce qu'on allait voir !

Une demi-douzaine d'enquêteurs chevronnés, drivés par le commissaire Martin, débarquèrent à Faverges, logés dans deux salles de la mairie spécialement aménagées pour la circonstance. Le capitaine Farges, soulagé finalement, transmit l'intégralité du dossier au commissaire, et coopéra du mieux qu'il put. Après avoir relu tous les procès-verbaux, rapports d'autopsie, analyses ADN, rien ne leur sembla avoir été négligé. Le commissaire Martin dut se rendre à l'évidence, l'enquête avait été très convenablement menée par les gendarmes. Au bout de deux semaines, l'équipe lyonnaise plia armes et bagages en toute discrétion. Bien loin de la communication ronflante de leur arrivée ! Les journalistes et la population raillèrent sans discernement cette équipe soi-disant ultra performante qui n'arrivait à rien de plus que la gendarmerie locale. Le capitaine Farges, bien que n'étant parvenu à rien lui non plus, tira de cette comparaison flatteuse une gloire éphémère mais méritée.

Quand, au sein d'une classe, sur un devoir, le meilleur élève ne fait pas mieux que le moins bon, c'est ce dernier qui est valorisé ! Injuste mais habituel !

Dans les mois qui suivirent, Henri reçut une succession de bonnes nouvelles. D'abord, son ancien patron lui proposa de le réintégrer dans la menuiserie. Certes pas au poste de responsable qu'il occupait auparavant, mais un redémarrage au bas de l'échelle afin d'éviter de perturber l'ordre établi entre-temps. Henri n'en prenait pas ombrage, s'acquittait parfaitement des travaux confiés qui figuraient pourtant parmi les plus difficiles de l'atelier. Les anciens compagnons, le connaissant bien, n'étaient pas surpris, mais les nouveaux constatèrent très vite la qualité du travail fourni. Si bien qu'au bout de quelques semaines certains sollicitèrent des conseils qu'Henri donnait bien volontiers, mais sans jamais anticiper leurs demandes. Au fil du temps, il retrouvait une situation informelle de contremaître, et en éprouvait une joie intense.

Et puis, la relation avec Évelyne se normalisait : elle passait beaucoup de temps à Frétigny, comblait Henri de multiples petites attentions, arrangeait l'intérieur de la maison avec un goût très sûr qui contrastait avec l'éducation sommaire dispensée par sa mère. Henri, ravi par le comportement de sa compagne, imaginait toujours par moments vivre en permanence à Frétigny avec elle, mais une petite voix l'en dissuadait régulièrement. Et puis, Évelyne était malheureusement contrainte de retourner sans cesse dans son HLM gagner sa vie, ce qui déculpabilisait Henri. Mais les séparations, de plus en plus difficiles et insupportables, rongeaient imperceptiblement leurs sentiments.

L'enquête sur le « crime de Faverges » restait au point mort. Malgré l'activité maintenue d'une petite équipe, aucune avancée sérieuse ne se profilait, et le meurtre d'Éloïse rejoignait silencieusement les oubliettes de la criminalité.

Recommencement

Le balai des sirènes perturbait l'habituelle quiétude de cette petite route de montagne étroite et sinueuse partant du bord du lac et menant à un col réputé pour ses champignons et ses framboises. Goudronnée sur quelques centaines de mètres, elle devient un chemin de terre bordé de taillis et d'une forêt, difficilement carrossable sitôt les dernières maisons franchies. Deux véhicules ne peuvent se croiser, et seuls des élargissements taillés dans les bois et répartis tous les deux ou trois cents mètres évitent de se retrouver face à face. Une indescriptible cohue régnait à cet instant, voitures de gendarmerie, de police, véhicules de premiers secours, s'entassaient sur le chemin, en un amas inextricable, amplifié par les véhicules des promeneurs, nombreux un dimanche vers 16 heures. Chacun tentait de se dégager mais sans jamais y parvenir.

Quelques heures plus tôt, un marcheur redescendait du col et son attention fut attirée par le comportement singulier de son chien. Campé sur ses pattes émergeant des hautes herbes, près d'un fourré jouxtant le chemin, l'animal aboyait intensément en fixant son maître du regard. Aucun doute possible, il avait repéré quelque chose d'inhabituel. L'homme approcha et écarta les herbes avec le bâton qui lui servait de canne. Un mètre plus loin, le chien fouinait. Un morceau de tissus orange apparut, prolongé par… une main ! Un corps d'apparence féminine gisait là, dissimulé dans les fougères et les ronces, invisible depuis le chemin. Choqué par cette vision, le promeneur réprima difficilement un étourdissement. Reprenant ses esprits, il appela les secours.

Le capitaine Farges, accompagné de deux gendarmes, débarqua rapidement, échappant ainsi au désordre ultérieur. Le promeneur, rejoint depuis par d'autres badauds, vint à leur rencontre, expliqua succinctement les circonstances de sa découverte, et désigna à l'aide de son bâton l'endroit fatidique. Farges et ses hommes approchèrent prudemment. Oui, aucun doute, le corps d'une femme reposait dans les fourrés. Avec d'infinies précautions, Farges dégagea son visage, et aussitôt un frisson d'effroi le parcourut : il s'agissait d'une femme d'une trentaine d'années, dont le cou portait des traces violacées très visibles d'étranglement. Un brutal saut en arrière dans le temps ramena le capitaine un an plus tôt : le « crime de Faverges », non résolu, trouvait un terrible écho aujourd'hui. Une femme, encore jeune, et étranglée. Certes, les circonstances étaient un peu différentes, un chemin de montagne au lieu d'un parcours de santé, mais une autre analogie frappa également le militaire : on était dimanche, et aux premières constatations, la mort pouvait remonter à la veille, donc samedi. Une chape de plomb s'abattit sur Farges. Deux crimes presque identiques, commis le même jour de la semaine à un an d'intervalle.

Après avoir fait installer l'habituel périmètre de sécurité, prévenu le procureur et les autorités, le capitaine fit à grand-peine dégager la route pour permettre aux spécialistes de la police scientifique d'intervenir. Ceux-ci arrivèrent sur place le dimanche en fin d'après-midi. Équipés tels des cosmonautes, après avoir précautionneusement dégagé et fait évacuer le corps, leur besogne de minutieux ratissage débuta. La femme, blonde, les cheveux courts, plutôt petite et mince, vêtue d'une veste orange sur un jean noir, portait des baskets blanches. À part les traces sur le cou, aucun autre signe de maltraitance n'apparaissait au premier abord. Autour de la victime, la densité de la végétation rendait difficile la recherche de traces ou d'objets en lien avec le meurtre. Après des heures de fouille intense, à la lumière des projecteurs installés pour l'occasion, la récolte s'avérait maigre : quelques préservatifs usagés et d'évidence très anciens, un vieux briquet, une cuillère en plastique cassée, et un mégot d'apparence récente récupéré avec précautions. Rien ne pouvant a priori être directement rattaché aux faits. En revanche, un manque important surprenait : ni sac à main ni pochette ne furent retrouvés sur place, même en étendant le périmètre des recherches. Et, à première vue, les vêtements de la victime dépourvus de poches rendaient impossible son identification.

Dès le lendemain matin débuta l'enquête de routine. Dans sa partie inférieure, une vingtaine d'habitations bordent cette route d'habitude peu fréquentée. Les propriétaires, interrogés un à un, n'avaient rien remarqué d'anormal ni le samedi ni le dimanche. Seulement quelques véhicules de promeneurs rejoignant le col comme les autres jours. L'une des habitantes, âgée et handicapée, assura même consacrer l'intégralité de ses journées à observer par sa fenêtre, et affirma que si une promeneuse vêtue d'un haut orange était passée devant sa maison, elle s'en souviendrait forcément. D'autres résidents, passant le plus clair de leur temps dans leur jardin, confirmèrent cette déclaration. Alors, si cette femme n'était pas venue à pied, comment s'était-elle retrouvée là ? Et puis, surtout, qui était-elle ? Aucune disparition signalée dans le secteur ne permettait le moindre rapprochement. Pourtant, dès le mardi, ces questions trouvèrent des réponses : un randonneur, habitué des lieux, remarqua une voiture blanche, stationnée beaucoup plus haut sur le chemin, et qui se trouvait déjà là le samedi. Intrigué, il alerta la gendarmerie qui se rendit immédiatement sur les lieux. Le propriétaire, retrouvé grâce à l'immatriculation, était une certaine Chloé Delétraz, habitant Annecy. Un immeuble cossu, bien entretenu, les gendarmes n'eurent aucune réponse ni à leur coup de sonnette, ni à leurs injonctions. Un voisin, alerté, entrouvrit sa porte. Les gendarmes lui présentèrent la photo de la morte. Il la reconnut aussitôt.

La conférence de presse organisée par le procureur se tenait l'après-midi. À peu de choses près, les mêmes journalistes qu'un an auparavant occupaient la salle. Mais aujourd'hui, ils eurent plus de réponses que la dernière fois : on leur communiqua l'identité de la victime, son âge, les circonstances du crime. Mais, malgré la bonne volonté des organisateurs, la réunion se termina dans la confusion habituelle, la déception des journalistes, toujours avides de sensationnel, était à son comble !

Les conclusions du médecin légiste tardaient, mais, curieusement, le capitaine n'en attendait pas grand-chose. Une idée fixe, lancinante, persistante, l'habitait. Trois crimes très semblables commis dans un rayon de 10 kilomètres. Le premier, 10 ans plus tôt, avoué par Henri Desroches. Le second, encore inexpliqué, et pour lequel Henri était officiellement hors de cause, et ce troisième, dont l'enquête débutait à peine, mais dont les premiers éléments préfiguraient la difficulté. La victime, 32 ans, célibataire, enseignante dans un collège d'Annecy, bien intégrée socialement, était appréciée de ses élèves, de ses collègues de travail, de sa hiérarchie. Ses parents, dévastés par la nouvelle, ne lui connaissaient aucune relation sentimentale récente. Quelques aventures passées fournirent un peu d'espoir aux enquêteurs, mais vite balayé par les faits. Les hommes ayant côtoyé la victime furent rapidement mis hors de cause.

Comme prévu, l'autopsie n'apporta aucun élément nouveau susceptible d'orienter favorablement l'enquête. Les prémonitions du capitaine Farges furent toutes confirmées. L'heure de la mort remontait bien au samedi entre 14 et 19 heures. Aucune trace ADN sur le cou ni sur aucune autre partie du corps de la victime. Il faudra attendre quelques semaines pour l'analyse complète des vêtements. Aucune autre trace de violence ni physique ni sexuelle sur la victime. Décidément, ce crime était la copie presque conforme de celui de Faverges. Les journaux, les radios évoquaient tous un « sérial killer », ce terme anglophone résonnait bien aux oreilles des auditeurs et aux yeux des lecteurs. Une profonde psychose s'emparait de toute la région, les femmes n'osaient plus sortir seules, même les hommes appréhendaient d'accompagner leurs épouses, pourquoi ce criminel ne s'en prendrait-il pas à un couple ? Le samedi après-midi, notamment, plus aucun promeneur ne se risquait en campagne, les rues se vidaient, même le chiffre d'affaires des grandes surfaces accusait une baisse sensible. La vie s'arrêtait. Les élus locaux, inquiets de l'évolution de la situation, tentaient, mais sans succès, de rassurer la population locale.

Depuis plus d'un mois, l'enquête piétinait, malgré le renfort d'un service parisien spécialisé dans ce domaine. Farges leur avait glissé l'hypothèse Henri Desroches, mais rien ne permettait de le mettre en cause. Sa photo, présentée à tous les riverains, à tous les promeneurs ayant fréquenté les lieux du crime même des mois plus tôt, n'avait rien donné. Personne n'avait reconnu Henri. Aucune voiture rouge vue dans les parages, rien, rien ! Mais qui était donc cet abominable criminel, malin, décidé et dangereux, ne laissant aucune trace derrière lui, disparaissant comme par magie ? Car la conclusion de multiples réunions avec des spécialistes, des profileurs, des psychologues, était sans appel : on avait à faire à un seul et même assassin pour les deux crimes. Cependant, pourquoi s'en prenait-il a des femmes seules, jeunes, plutôt fluettes, pourquoi le samedi après-midi, pourquoi l'absence de connotation sexuelle ? Pour l'instant, aucune réponse satisfaisante à ces questions ne se présentait.

Pourtant, l'obstination du capitaine ne se démentait pas. Bien qu'aucun fait matériel n'accuse Henri, une surveillance discrète fut mise en place autour de lui. Sa vie passée au crible, ses communications téléphoniques repérées, ses principales allées et venues épiées. Henri menait une vie simple, un travail gratifiant, Évelyne passait de longues périodes à Frétigny, le couple s'entendait bien. Quelques amis proches, des sorties, et cet engouement pour le Léman, notamment Thonon où le couple passait presque tous ses samedis. Et lorsqu'Évelyne séjournait quelque temps chez elle, Henri se rendait seul au bord du Lac. Une existence calme, tout le contraire de celle d'un tueur en série.

ADN

— Capitaine, capitaine !

La porte du grand bureau brutalement ouverte stoppa net le travail en cours des quatre gendarmes présents qui, avec un bel ensemble, levèrent tous la tête en direction du planton qui venait de faire irruption. Il brandissait un dossier rouge.

— Tu pourrais frapper tout de même ! hurla le capitaine.

— Capitaine, capitaine, l'ADN sur le mégot retrouvé sur les lieux du crime a matché !

— Tu aurais pu le dire tout de suite !

Le planton, décontenancé, restait muet.

— Excuse-moi ! reprit le capitaine.

Farges arracha violemment le dossier des mains du planton et débuta la lecture en retournant vers son bureau. Un silence de cathédrale régnait. Durant quelques minutes, la vie de la compagnie fut suspendue. Personne n'amorçait le moindre mouvement, chaque gendarme mimait inconsciemment une statue du musée Grévin. Tous imaginaient que le capitaine, une fois pénétré des éléments du dossier, effectuerait un compte rendu à la cantonade. L'heure était grave, enfin une avancée significative dans les enquêtes sur les deux crimes irrésolus. Le capitaine posa délicatement les documents devant lui, se laissa aller contre le dossier de son fauteuil, et mit les mains sur sa tête :

— Il s'agit d'un homme de 32 ans, Damien Renard, qui habite un village à côté de Romans, dans l'Isère. Marié, père de deux enfants, il travaille chez un fabricant de chaussures. Il figure au fichier des empreintes génétiques, car accusé d'une agression sexuelle sur une de ses amies lorsqu'il avait dix-huit ans. Il n'a pas été condamné, la réalité des faits qui lui sont reprochés n'a jamais été prouvée, ce fut parole contre parole à l'époque.

Enfin une piste sérieuse, un indice matériel, la présence de ce mégot sur les lieux ne pouvant être fortuite.

— On le tient s'écria un gendarme !

— Du calme, du calme, lança Farges, rien pour l'instant ne prouve que ce soit lui.

L'analyse du mégot fournissait d'autres indications. Tout d'abord, celui-ci, de la marque Dunhill, ne recélait aucune humidité, prouvant que sa présence sur les lieux ne remontait pas à plus de deux ou trois jours. Ensuite, un seul ADN fut relevé, il n'avait donc pas été manipulé par plusieurs personnes. L'appartenance de ce mégot au meurtrier s'avérait donc plausible. Ayant rejoint son bureau personnel, le capitaine appela immédiatement ses collègues de Romans. Une enquête plus approfondie fut décidée. Les résultats concernant Renard, surprenants, attestaient d'une vie simple, sans accrocs particuliers, celle d'un bon père de famille. Il jouait au foot dans l'équipe de son village, ses excellentes relations avec ses coéquipiers, ses collègues de travail, et son entourage en général, ne collaient pas avec l'image d'un assassin. Mais Farges en avait vu d'autres, menant une vie d'apparence très lisse, pourtant marquée par de furieux écarts ponctuels. Il fut donc décidé de l'entendre.

Convoqué à la gendarmerie de Romans, débarqua un homme surpris et qui ne semblait pas inquiet. Petit et râblé, un visage rond et souriant, les cheveux courts, il présentait plutôt l'aspect du gendre idéal que celui d'un tueur. Après quelques banales questions, on lui présenta la photo de la victime du « crime de Faverges ».

— Monsieur Renard, connaissez-vous cette femme ?

L'homme ne réfléchit pas longtemps, son visage n'afficha aucune expression particulière.

— Non, absolument pas !

— Vous ne l'avez jamais vue ?

— Non, jamais.

Les gendarmes se regardaient intensément. On lui présenta alors la photo de la dernière victime :

— Et cette femme ?

La réponse fusa instantanément :

— Non plus.

L'homme, impassible, ne semblait ni anxieux ni acculé. Les policiers se retirèrent quelques secondes pour discuter entre eux. De retour, ils présentèrent à Renard un sachet scellé contenant un mégot.

— Vous savez ce que c'est ?

— Naturellement, un mégot, vous vous moquez de moi ?

— Vous fumez ?

— Oui.

— Quelle marque de cigarettes ?

— Des Dunhill.

— Ce mégot est un reste de Dunhill trouvé à quelques mètres du corps de la victime du dernier crime commis vers Annecy. Votre ADN figure sur ce mégot, comment expliquez-vous cela ?

L'homme, abasourdi, stupéfié, blêmit et bafouille :

— Mais où l'avez-vous trouvé ?

— Sur les lieux d'un crime, dans un chemin à une dizaine de kilomètres d'Annecy.

Renard protesta avec véhémence :

— Mais je ne suis jamais allé là-bas, jamais, quelqu'un a jeté ce mégot pour me faire accuser !

Il ne restait qu'une seule carte aux policiers pour confondre Renard : lui poser la question fatidique.

— Où étiez-vous le samedi 15 avril après midi ?

La question, inattendue, le désarçonna. Il réfléchissait, immobile sur sa chaise. Les trois policiers scrutaient ses moindres mimiques, les plus infimes expressions de son visage, les plus insignifiants mouvements de ses mains. L'instant, crucial, allait peut-être sceller le sort d'une enquête compliquée et embrouillée, et celui d'un homme. Brusquement, son visage s'éclaira, et il partit d'un violent éclat de rire, un indomptable fou rire…

— Monsieur Renard, ça suffit, on n'est pas ici pour rigoler !

Réprimant à grand-peine son hilarité, le visage moqueur, il expliqua :

— Ce jour-là, j'ai 30 témoins de ma présence entre 11 heures et 15 heures, puis 300 témoins entre 15 et 17 heures, et à nouveau 30 témoins entre 17 et 20 heures, ça vous va ?

— Monsieur Renard, ne vous foutez pas de nous, où voulez-vous en venir ?

— Ce samedi, j'ai joué un match de foot officiel avec mon équipe. On s'est tous retrouvés à 11 heures pour le repas d'avant-match, les 11 joueurs, les remplaçants et le staff. Environ 30 personnes. On ne s'est pas quittés jusqu'au début du match à 15 heures, et je me souviens que 300 spectateurs étaient présents pendant le match. Puis à nouveau ensemble, équipe et staff jusque vers 20 heures. Ça vous va ? Je peux m'en aller ?

Les trois gendarmes se regardaient, interloqués. Un signe de menton du chef, et l'un d'eux s'éclipsa. Après un lourd silence, l'interrogatoire reprit, plus sur le ton d'une conversation que celui d'une accusation.

— Comment expliquez-vous la présence de ce mégot sur les lieux d'un crime ?

— Je ne l'explique pas. D'abord, êtes-vous bien certains que mon ADN figure sur ce mégot ?

— Oui, sans aucun doute.

— Alors quelqu'un a jeté ce mégot pour me faire accuser. C'est ce que je vous dis depuis le début.

Le gendarme pénétra à nouveau dans le bureau. Ses deux collègues le dévisageaient. D'un léger hochement de tête accompagné d'un clignement des yeux, il leur fit part des résultats de sa vérification. La piste Renard, sur laquelle tant d'espoirs furent fondés s'achevait dans un retentissant cul-de-sac. Cette oasis entr'aperçue dans le désert retourna illico au stade de mirage. Le seul petit fil susceptible de relancer l'enquête venait de casser net. Les trois, assis en silence, digéraient mal leur déception, accablés par cette gigantesque désillusion. Le chef s'absenta à son tour, appela Farges pour lui faire part de la mauvaise nouvelle. De retour, une nouvelle question pour Renard :

— Êtes-vous allé dans la région d'Annecy dernièrement ?

— Ah oui, au printemps, avec ma femme et mes enfants, on a passé une journée là-bas. C'est un très bel endroit, très vivant, très agréable.

— Vous vous souvenez du déroulement de cette journée ?

— Pas exactement, mais ma femme mémorise ce genre d'escapade beaucoup mieux que moi. Si vous voulez, je lui demande et vous tiens au courant. Le chef s'absenta de nouveau, pour quelques minutes.

— Pouvez-vous revenir demain, peut-être accompagné de votre femme ? Le capitaine Farges, de la gendarmerie de Faverges, voudrait vous poser quelques questions.

— Pas de problème, nous reviendrons demain en fin d'après-midi.

Le capitaine écouta scrupuleusement le récit de la famille Renard concernant sa sortie annécienne du dimanche 3 avril. Arrivés vers 11 heures, après une promenade dans la vieille ville, repas pris dans un restaurant que la famille eut du mal à situer. Puis croisière sur le lac, et, pour terminer, une collation dans un grand établissement proche du port des gros bateaux, et décoré principalement en rouge. La famille partie, les gendarmes réfléchissaient. Seul ce dernier lieu, bien connu et situé juste en face de la mairie, autorisait éventuellement une recherche. Les caméras situées sur le bâtiment communal devraient permettre d'observer les mouvements du café d'en face. Le visionnage des bandes du 3 avril entre 16 et 18 heures débuta. Mais la cinquantaine de mètres de distance désola tout de suite les policiers : les images, assez floues, permettaient de discerner des silhouettes, éventuellement de déceler partiellement leur activité, mais sans pouvoir distinguer nettement les visages. Pourtant, la famille Renard se trouvait bien là, assez reconnaissable, même de loin, les quatre personnes attablées devant des sorbets. Juste après leur départ, vers 17 heures 30, un homme s'approcha de leur table, celle-ci n'étant même pas débarrassée. Curieusement, certains gestes furent sans équivoque : il ramassa furtivement quelque chose sur la table et disparut ! Et, l'avait-il fait volontairement, mais à aucun moment son visage n'apparut en face des caméras. Le capitaine, prévenu, visionna encore et encore cette séquence, au ralenti, à vitesse réelle, avec ou sans zoom, mais il dut se rendre à l'évidence : il était impossible de reconnaître l'homme. Pourtant, sa haute stature, son maintien, sa démarche lui rappelaient quelqu'un. Farges confortait son intuition, se retrouvait à la case départ.

Restait à opérer une dernière vérification. Si Henri se trouvait bien sur les lieux ce dimanche après-midi, la localisation de son portable devrait le confirmer… À ce stade, le capitaine organise une réunion avec trois de ses hommes afin de définir dans quelle direction poursuivre l'enquête. L'un d'eux soulève une interrogation pertinente : celui qui a déposé le mégot sur les lieux du crime savait-il que Renard était fiché, seule possibilité pour le faire accuser ? Si oui, cela signifie qu'il a suivi Renard pour prélever le mégot. Si non, le hasard a bien fait les choses, car déposer le mégot d'une personne non fichée ne sert strictement à rien, sinon à brouiller un peu les pistes. Il devenait urgent de rechercher les personnes connaissant bien le passé de Renard.

Ces investigations, menées avec le plus grand soin, ne donnèrent rien, et Farges, toujours obnubilé par Henri, dut admettre que celui-ci ne connaissait absolument pas Renard. Encore une hypothèse qui tombait à l'eau. Et une deuxième désillusion s'abattit sur le capitaine quelques jours plus tard : le dimanche 3 avril après midi, le portable d'Henri bornait sur un relais près de chez lui. Donc, soit Henri ne se trouvait pas à Annecy, soit il y était mais sans son portable ! Dans les deux cas, aucune preuve tangible de la présence d'Henri à Annecy n'existait.

Dans la presse, aussi bien locale que nationale, les journalistes ridiculisaient cette « équipe d'incapables », dirigée par un « bon à rien », comme certains adoraient les surnommer. Le capitaine Farges supportait de plus en plus difficilement ces attaques directes et nominatives. Sa hiérarchie le pressait d'agir, mais personne ne savait comment s'y prendre. Rien n'allait plus dans la région, la psychose persistait. Quelques journaux, et non des moindres, distillaient parcimonieusement, en épisodes quotidiens, les méfaits de « l'étrangleur de Boston » qui avait sévi aux États-Unis dans les années 60. Il avait étranglé 13 femmes, et certains sous-entendaient qu'il en restait encore 10 à étouffer pour l'imiter… Et les rapprochements volontaires avec la crise actuelle démultipliaient l'inquiétude ambiante. Par analogie, « l'étrangleur du lac » faisait régulièrement les gros titres. Au sommet de l'état, notamment au ministère de l'Intérieur, il fut décidé d'employer les grands moyens. Une équipe spécialisée, composée de psychologues, de profileurs, et naturellement d'enquêteurs de haut niveau, fut constituée et envoyée sur place. Hébergée dans un grand hôtel d'Annecy, transformé pour l'occasion en cellule de crise, cette douzaine de spécialistes reçut une mission précise et double : tenter de retrouver le criminel, mais avant tout éviter qu'un nouveau crime identique ne se produise. Leur arrivée, médiatisée à grand renfort de communiqués, de photos, d'interviews, devait alarmer l'assassin afin de le dissuader de récidiver. Cet épisode replongea le capitaine un an plus tôt, lors de l'arrivée tonitruante du SRPJ de Lyon. On connaît le résultat. Farges espérait honnêtement que l'épilogue soit différent mais, en son for intérieur, redoutait un dénouement identique.

Longuement mis à contribution, la capitaine expliqua les tenants et aboutissants de l'affaire, évoquant également sa suspicion envers Henri, mais en précisant bien que rien de tangible n'étayait ses soupçons et qu'aucun début de preuve n'accréditait sa culpabilité. L'un des profileurs affirma même que Farges était victime d'un a priori lié à la proximité avec Henri lors de son premier procès, et procédait à une fixation malsaine. Farges fit mine d'en convenir, ne souhaitant pas entrer en conflit avec un spécialiste du profilage.

Cependant, il fut décidé de reprendre l'enquête à zéro, en incluant l'hypothèse Henri à chacune des étapes. Ainsi, sa photo fut présentée à la vingtaine d'occupants des habitations longeant le chemin fatidique. On demanda également si une Clio rouge avait été aperçue dans les parages. Toutes les bandes, scrupuleusement conservées, de ce samedi après-midi, des caméras de surveillance proches des lieux du crime, furent attentivement revisionnées, mais, là encore, rien de concret ne fut décelé concernant l'implication éventuelle d'Henri. Une ultime vérification s'imposait : le bornage du portable ce samedi après-midi. Et encore une déconvenue ! Entre 14 heures et 15 heures 30, trajet Frétigny-Thonon, puis stationnement du portable jusqu'à 17 heures 30 à Thonon, et retour par le même chemin pour une arrivée à Frétigny à 19 heures 30. Henri, comme presque tous les samedis, se promenait à Thonon pendant que le criminel opérait. Il était donc hors de cause pour ce crime comme pour le précédent. Alors qui ? La nouvelle équipe plongeait dans un abîme de perplexité. Aucune piste si ténue soit-elle ne se présentait.

Durant les deux années suivantes, Henri et Évelyne menèrent une vie calme et tranquille. Elle résidait de plus en plus souvent auprès d'Henri à Frétigny, et retournait chez elle de temps à autre, gagner sa vie. À plusieurs reprises, elle suggéra à son amant la possibilité de vivre durablement ensemble, mais à chaque fois Henri éluda la question. Pourtant, cette éventualité résoudrait bien des problèmes. Évelyne aimait Henri, qui lui rendait bien, et sa cohabitation avec Didier devenait de plus en plus pénible. Certes, il s'était calmé, mais avoir en face de soi durant des jours et des jours un homme qui vous est indifférent devenait de plus en plus insupportable, et confinait à la torture. Évelyne ne comprenait toujours pas ce refus d'Henri, injustifié et incompréhensible, qui grignotait petit à petit leurs sentiments.

Intuition

Vers 10 heures ce matin-là, une voiture noire se gare lentement dans le parking de la gendarmerie. Un homme grand, en vêtements de travail, en descend. Il semble hésitant, reste un long moment, appuyé contre la portière, à observer le bâtiment aux formes cubiques et dépourvu de la moindre fioriture, annihilant toute envie d'y entrer. Enfin, il avance à pas comptés, monte les quelques marches menant à la porte blindée munie d'un clavier à code et d'une sonnette. À nouveau une hésitation, des regards interrogateurs à gauche et à droite, il sonne. Un « bip » appuyé, la porte s'entrebâille et il entre. Un hall blanc, des murs nus, deux personnes à moitié endormies avachies sur des chaises métalliques inconfortables, et un planton abrité derrière une vitre anti-balles. Un décor sinistre, une atmosphère angoissante. Le planton s'égosille dans son bocal :

— Qu'est-ce que vous voulez ?

Les sourires en coin des autres occupants rassurent le visiteur, la phrase d'accueil, glaçante, fait probablement partie du quotidien.

— Je voudrais rencontrer le capitaine Farges !

— Il n'est pas là. Mais pourquoi voulez-vous le voir ?

Le visiteur hésite. Raconter son histoire à un vague agent d'accueil et devant d'autres gens qui guettent passionnément un dérivatif à leur interminable attente ne l'emballe pas.

— C'est difficile à expliquer, mais ça le concerne directement et c'est important.

— Écoutez, monsieur, le capitaine est très occupé et ne rentrera probablement pas avant le milieu d'après-midi, mais je peux vous mettre en relation avec son adjoint.

— Non, je ne veux contacter que le capitaine ! et, s'approchant le plus possible de l'hygiaphone, murmure à voix très basse :

— C'est peut-être une question de vie ou de mort.

Le planton, embarrassé, scrute intensément son interlocuteur. A-t-il en face de lui un affabulateur, friand de l'effet produit par ses sornettes, un déséquilibré avide de sensations fortes ou un homme normalement constitué détenteur de réelles révélations ?

— Attendez-moi une minute, je reviens.

De retour, un gendarme gradé suit le planton. Il dévisage longuement le visiteur, puis le fait pénétrer dans un sas donnant accès aux bureaux.

— Qui êtes-vous, monsieur ?

— Je suis l'employeur d'Henri Desroches.

À la seule évocation de ce nom, les deux militaires ont la même réaction : étonnement et intérêt.

— Pourquoi êtes-vous venu ?

À cet instant, André Rollin se referme comme une huître. Il ne veut se confier qu'au capitaine Farges, craignant que ses révélations ne soient pas suffisamment prises au sérieux par d'autres.

— Je ne parlerai qu'au capitaine, mais je vous répète que c'est peut-être une question de vie ou de mort.

Les deux se regardent, un peu groggy par l'arrogance et l'intransigeance de leur interlocuteur. Le gendarme, excédé, résiste difficilement à l'envie de mettre André dehors, mais, Henri Desroches, c'est primordial ! Il s'éclipse quelques instants, appelle le capitaine sur son portable, qui, naturellement, est éteint. Farges consultera-t-il ses messages avant le repas de midi ? Rien de moins sûr ! Alors, ne reste qu'une solution : joindre le lieu de réunion…

La salle des fêtes de la préfecture de Haute-Savoie est bondée. Tout un aréopage d'élus locaux, maires, conseillers départementaux, conseillers régionaux, de hauts fonctionnaires, d'importants représentants de la société civile, de policiers, de pompiers participent au rassemblement annuel au cours duquel le préfet présente son plan d'action. Costume sombre et cravate discrète pour les hommes, tenue habillée pour les femmes, et, au premier rang, en uniforme d'apparat, parmi le gratin local, le capitaine Farges. Cette grand-messe, autrefois attendue pour les rencontres qu'elle permet, les nouveaux contacts qu'elle autorise, est maintenant détestée. Le capitaine est victime, du début à la fin, des regards entendus, des allusions plus ou moins voilées des uns et des autres sur son incapacité à résoudre les crimes, ou des questions plus directes et incisives : « Alors capitaine, rien de nouveau ? » Il ne devient même plus nécessaire de nommer le sujet en cause…

Une apparitrice pénètre discrètement par le fond de la salle, esquisse un geste d'excuses à l'adresse du préfet qui s'est interrompu, contourne les présents pour déambuler devant le premier rang jusqu'au capitaine. Elle se penche et lui susurre quelques mots à l'oreille avant de disparaître. Le capitaine se lève, présente lui aussi ses excuses au préfet, et parcourt l'allée centrale devant des centaines d'yeux médusés et interrogateurs. Qu'est-il donc arrivé pour extraire ainsi le capitaine d'une telle réunion ? Un gros accident, un hold-up, un assassinat ? Chacun y va de sa supposition. Quelques-uns, plus futés, imaginent un ultime rebondissement concernant les crimes irrésolus. Et ils n'ont pas tout à fait tort !

À peine dehors, Farges se jette sur son portable et appelle son bureau. On lui explique succinctement les événements. Le capitaine ne décolère pas, pourquoi l'a-t-on extirpé d'une importante réunion pour si peu ! Il en veut à ses adjoints de ne pas avoir su gérer eux-mêmes la situation. Submergé par son énervement, il conduit vite et brutalement, pénètre en trombe dans la gendarmerie, le visage fermé, les dents serrées, ne salue personne, et déboule dans son bureau, ne jetant même pas un regard à ses adjoints, ni à André, assis dans un coin. Enfin en place, passant la main dans ses cheveux, et après un long soupir, il prend la parole :

— J'espère, monsieur que vous ne m'avez pas dérangé pour rien ?

Ses yeux fixes dévisagent durement André. L'espace d'un instant, le patron d'Henri regrette amèrement sa démarche, il aurait dû s'abstenir. Mais il est trop tard pour reculer :

— Je suis venu vous parler d'Henri Desroches. Je l'ai réembauché depuis près de trois ans, mais je viens de constater quelque chose d'intrigant.

— Aux faits, monsieur, aux faits ! tonna le capitaine.

— Eh bien je viens de me rendre compte que lors des deux derniers crimes, commis un samedi après-midi, à chaque fois Henri m'a demandé des congés pour le vendredi précédant et le lundi suivant.

Le capitaine écoute religieusement, un éclair fugitif traverse son visage, la crispation s'atténue.

— Et il lui est arrivé de vous demander d'autres congés les mêmes jours sans qu'aucun crime ne soit commis ?

— Non, jamais !

Farges cogite. Peut-être une simple coïncidence, mais tout de même, deux fois seulement en trois ans.

— Vous avez bien fait d'évoquer ce constat, mais, entre nous, ça aurait pu attendre !

— Oui, mais ce n'est pas tout !

— Décidément, vous ménagez vos effets, monsieur ! Aux faits, aux faits !

— Eh bien, nous sommes jeudi, et ce matin Henri m'a demandé un congé pour demain et lundi.

Cette fois, le visage du capitaine s'illumine brusquement. Ses yeux brillent intensément, ses mains frottent l'une contre l'autre, un léger hochement de tête accentue la sensation de vif contentement. Enfin un élément nouveau dans le désert de ces crimes. Enfin une nouvelle piste pouvant mener directement à Henri. Une corrélation évidente s'impose. Mais, bien vite, comme à chaque rebondissement envisagé, l'excitation des premiers instants s'effondre. Les faits, vérifiés, épluchés, disséqués, ne laissent place à aucune équivoque. Henri ne peut matériellement pas être l'auteur de ces meurtres, jamais vu, ni lui ni son véhicule sur les lieux, aucune empreinte, aucun ADN identifiable, pas la moindre preuve tangible de sa culpabilité, et tracé à plus de quatre-vingts kilomètres à chaque fois. À moins que… Une hypothèse un peu loufoque traverse l'esprit du capitaine ! Mais il sera bien temps de l'examiner plus tard, d'autres prérogatives s'imposent aujourd'hui.

— Comment avez-vous trouvé Desroches ce matin ? Nerveux, préoccupé ?

— Non, pas du tout, très normal, concentré sur ses travaux.

— Je vous remercie beaucoup, vous avez bien fait de venir, votre perspicacité peut grandement nous aider.

André, rassuré et soulagé, quitte les lieux.

L'après-midi, un bouillonnement très inhabituel s'empare de la gendarmerie : le parking inondé par un incessant ballet de voitures. Les rendez-vous reportés, les visiteurs refoulés, priés de revenir plus tard, et qui s'exécutent en maugréant, les lignes téléphoniques engorgées, les consignes criées d'un bureau à l'autre, les documents s'amoncelant sur le bureau du capitaine qui surnage à grand-peine. Ça chauffe dur à la gendarmerie.

Faux départ

Cinq heures le vendredi matin. Henri se tourne et se retourne dans son lit depuis près de deux heures. Il sait qu'il ne se rendormira pas. Alors il se lève, une pâle lueur annonce l'arrivée prochaine du jour. Henri, excité, agité, nerveux, traîne dans sa maison sans but précis, passe d'une pièce à l'autre, revient dans la précédente, tourne en rond, allume la télé, puis quelques secondes plus tard se ravise et l'éteint. Des gestes désordonnés, incontrôlés. Le temps passe trop lentement. Un petit déjeuner rapide, quelques vêtements hâtivement enfilés, et le voilà dehors, allumant une cigarette. Le week-end s'annonce fabuleux, minutieusement préparé, un programme envoûtant s'étalant sur quatre jours. Henri en peaufine à nouveau le déroulement, cherche à détecter un éventuel oubli, une coupable négligence pouvant mettre à mal son objectif, mais rien… Tout est prévu, soupesé, mesuré, chaque étape s'enchaîne parfaitement avec la précédente. Et cette femme qu'il doit rencontrer demain alors qu'il ne la connaît pas encore. Sept heures, Henri salue son voisin qui part au travail. Il voudrait lui aussi prendre la route dès maintenant, mais la banque n'ouvre qu'à 9 heures et le train pour Grenoble part à 10 heures 40.

Vers 8 heures 30, enfin, la journée peut débuter. Henri s'installe au volant, et, calé dans son siège, se délecte encore quelques instants des jours à venir, actionne lentement le démarreur, attache sa ceinture et quitte la cour. Une intense bouffée de plaisir l'envahit, cette fois c'est parti ! Après les quelques carrefours de son quartier, il rejoint la nationale qui mène à Annecy. La circulation, fluide jusqu'alors, s'intensifie au fil des minutes. Habituels et permanents à cette heure, les premiers bouchons se forment. La route longe le lac et Henri profite des nombreux ralentissements pour admirer la surface de l'eau, lisse et brillante. Une légère brume flotte au-dessus, virevoltant lentement au gré des infimes turbulences matinales. Quelques pêcheurs sont déjà en place, mais pour une fois Henri ne les envie pas, l'excitante journée qui s'annonce l'accapare totalement et supplante tout autre programme possible. Entré dans Annecy, un détail pourtant commence à l'alerter : une voiture blanche, banale, avec deux hommes à bord, suit le même chemin, alors que le dédale des rues empruntées ne constitue plus un itinéraire usuel. Henri fait le tour d'un pâté de maisons, comme s'il cherchait une place pour se garer, et la voiture blanche le suit toujours. Cette fois, aucun doute, il est pris en filature.

Henri est en rage, crie, vocifère, tape à grands coups de poing sur son volant, entraînant sa Clio dans de dangereux zigzags. Les suiveurs distinguent probablement ses gestes, mais Henri s'en moque. Son fabuleux week-end s'évanouit sur le champ. Ce projet si minutieusement préparé est sauvagement anéanti. Les pensées d'Henri déraillent : que faire maintenant, où aller ? Mais comment ont-ils su ? Qui a pu décrypter ces préparatifs jalousement gardés secrets ? Évelyne elle-même n'en savait rien. Comment ce vendredi matin a-t-il pu être choisi pour le suivre ? Ou, au contraire, est-il régulièrement suivi sans s'en apercevoir ? Le cerveau d'Henri, déconnecté, ne propose aucune réponse plausible à ces questions. Sur quelques kilomètres, il roule au hasard, l'esprit vide, incapable de la moindre réflexion sensée, ne cherchant même plus à semer ses poursuivants. Et puis une idée lui traverse l'esprit : rejoindre Évelyne, et même revenir avec elle à Frétigny pour le week-end. Oui, cette formule plairait certainement à sa compagne et permettrait à Henri de meubler agréablement des journées désespérément dépouillées de leur contenu initial. Mais Henri avait sciemment oublié son portable, il ne possédait aucun moyen de la contacter. Tour complet d'un rond-point et retour vers son domicile, le véhicule blanc en fait naturellement autant. Henri arrive chez lui, s'installe confortablement et appelle

Évelyne. Elle est sur répondeur, il laisse un message. La sonnerie le tire de sa somnolence, elle rappelle :

— Bonjour, Évelyne, comment vas-tu ?

— Je suis heureuse de t'entendre !

— Tu me manques énormément ! Je voudrais venir te chercher vers 11 heures, revenir avec toi à Frétigny, et que l'on passe quelques jours ensemble, peut-être au bord du Léman.

Un blanc, puis une voix triste :

— Ça me ferait très plaisir, mais j'ai des rendez-vous, enfin, tu comprends ?

— Oui, bien sûr, ou plutôt non, je voudrais tellement te retrouver !

Un long silence, puis l'espoir renaît :

— Je vais essayer de m'arranger, je te rappelle dans 10 minutes…

Subitement, Henri se met à sangloter. Elle a des rendez-vous ! Comment peut-il accepter que cette femme qu'il aime soit caressée, pénétrée, violée même par des hommes n'ayant aucun sentiment pour elle, des hommes qui ne l'assimilent qu'à une marchandise banale, acquise pour pas cher et consommée à la va-vite ? Henri se fait horreur, a honte de lui-même, découvre à cet instant sa froideur et son égoïsme l'autorisant à abandonner une femme gentille et compréhensive en pâture à des hommes veules et vulgaires. Si le week-end s'était déroulé comme prévu, il n'aurait certainement jamais pensé à elle, et Évelyne ne représentait à cet instant qu'un produit de remplacement bienvenu pour agrémenter sa solitude imprévue. Au fond, est-il si différent de ces hommes s'étendant sur elle à longueur de journée ? La sonnerie l'extirpe de ses sinistres réflexions :

— J'ai pu m'arranger, sauf pour un ami prévu en fin de matinée et que je n'ai pu décommander. Attends-moi dehors vers midi, et je t'appellerai quand tu pourras monter. À tout à l'heure, je t'aime.

— Je t'aime aussi.

Ces dernières paroles, exprimées machinalement, reflétaient-elles la réalité ? Henri finissait par en douter. Il appela un petit hôtel à Évian, réserva pour trois jours et reprit la route tranquillement, rien ne pressait. Une voiture bleue le suivait à distance et s'engagea sur l'autoroute derrière lui. Cette fois, Henri souriait. Ah, ils avaient bien fait les choses, les gendarmes, plusieurs voitures, des relais, mais ils en seraient pour leurs frais.

Au pied de l'immeuble d'Évelyne, Henri attendait. En sortit un homme, petit, plutôt jeune, qu'Henri assimila aussitôt au dernier client de sa compagne. À nouveau des larmes, des hoquets, une irrésistible envie de rattraper cet homme et lui briser le cou. Mais, pétrifié sur son siège, Henri admit bien vite qu'il était le seul responsable de cette situation. Pourquoi n'avait-il pas donné suite au désir d'Évelyne de vivre en permanence à Frétigny, d'abandonner définitivement ce passé récurrent, de devenir une compagne fidèle et dévouée ? Pourquoi ? Pour donner libre cours à des pulsions épisodiques aux conséquences pouvant se révéler funestes et désastreuses pour leur couple ? Ces sombres cogitations furent interrompues par la sonnerie :

— Tu peux monter maintenant !

Henri gravit les escaliers sans appétence particulière. Évelyne l'accueillit chaleureusement, le serra dans ses bras, ranimant le sentiment de culpabilité d'Henri. Elle était pomponnée, maquillée, presque belle et désirable. Henri ne pouvait détacher ses pensées de ce petit homme qui quelques minutes auparavant la serrait lui aussi dans ses bras. Quel gâchis !

— Viens, on part tout de suite !

Empoignant sa valise, Évelyne ne se fit pas prier. Sur le chemin du retour, la conversation, badine, tournait autour de l'emploi du temps du week-end. Henri confirma avoir réservé pour trois jours au bord du Léman, dans un petit hôtel tranquille, en amoureux. Évelyne se colla contre lui, perturbant un peu sa conduite. Elle se sentait parfaitement bien, et Henri s'en délectait. Arrivés à Frétigny, repas léger dans un restaurant au bord de l'eau. À la maison, Évelyne prit Henri dans ses bras, l'embrassa tendrement et l'entraîna dans la chambre. Ils n'avaient jamais été aussi heureux ensemble. Départ pour Évian dans l'après-midi. Les jours suivants furent un véritable délice, entre promenades en montagne, excursions organisées, balades en bateau, longues étreintes, et nuits câlines au sein d'un hôtel calme et accueillant. Jamais Évelyne n'avait passé trois jours de vacances avec l'homme qu'elle aimait, et Henri était heureux de lui offrir. Une véritable révélation. Mais l'esprit d'Henri vagabondait régulièrement de digressions en divagations. À chaque instant, il imaginait ce qui aurait dû se produire si les projets de départ s'étaient réalisés. Les voyages en train, les locations de voitures. Pendant ces quatre jours, Henri menait une sorte de double vie virtuelle, peuplée de souvenirs parfois dévastateurs. Au cours du séjour, lors d'une conversation banale, Henri posa une question délicate à Évelyne :

— Je voudrais te demander un service !

— Bien sûr, lequel ?

Après une hésitation et un regard appuyé :

— La police va probablement te contacter, te demander depuis quand notre escapade à Évian était prévue. Je voudrais que tu leur affirmes que la décision remonte à quelques jours, lors de notre conversation téléphonique du début de semaine dernière.

— C'est important ?

— Oui, très important, je t'expliquerai un jour.

Évelyne, très surprise, tenta de dévisager Henri qui tourna la tête pour esquiver son regard. Elle ouvrit la bouche mais se ravisa aussitôt. Ses méditations l'entraînaient sur des chemins chaotiques. Que se passait-il ? Y aurait-il une autre femme dans la vie d'Henri, des hommes jaloux et des menaces le concernant ? Se livrerait-il à des activités illicites et répréhensibles, trafic de drogue ou autres ? Ou bien, ou bien… mais non, localisé à Thonon à chaque fois, il ne pouvait pas être mêlé à ces horribles assassinats non élucidés. Mais Évelyne commença à avoir peur, très peur de l'avenir.

Les locaux de la gendarmerie grouillaient ce mardi matin. La surveillance d'Henri, allégée maintenant, était l'objet du compte rendu habituel. D'entrée, le capitaine tança vertement ses hommes de s'être fait repérer aussi vite et aborda le vif du sujet : Quels étaient les points susceptibles d'éveiller une suspicion ? Pas grand-chose finalement, le capitaine Farges ne retint que trois événements. Tout d'abord cette attitude, au moment de la découverte de la filature, ces coups sur le volant qui déséquilibrèrent la Clio au point de la faire tanguer. Pourquoi tant de hargne ? Ensuite ce retour à la maison, et ce nouveau départ une demi-heure plus tard ? Et enfin, ce séjour à l'hôtel fut-il prémédité ou impromptu ? Mais avant de répondre à ces questions, le capitaine revient sur l'idée loufoque entrevue le jeudi précédent :

— Lors des deux crimes, Henri Desroches est arrivé à Thonon vers 15 heures 30. Il en est reparti vers 18 heures. Je voudrais que vous vérifiiez la possibilité que, pendant ces 2 heures et demie, Il revienne vers Annecy par un moyen quelconque, en laissant son téléphone dans sa voiture. Au boulot !

Toute l'équipe se pencha sur la question. Comment exécuter un aller-retour en si peu de temps ? Diverses idées ont émergé : une puissante moto s'affranchissant complètement des limites de vitesse, voire un avion de tourisme loué pour l'occasion. L'hypothèse de l'avion fut vite écartée : l'aérodrome le plus proche de Thonon, environ 40 kilomètres, ne permettait pas ce mode de transport en si peu de temps. De plus, l'appareil se poserait à Meythet, à côté d'Annecy, et un moyen de locomotion supplémentaire devenait alors nécessaire. Donc, impossible. Restait la moto. Des motards de la gendarmerie tentèrent l'expérience : entre Thonon et les lieux du crime, cinquante minutes leur furent nécessaires pour le trajet, et encore, en fonçant au maximum et en bafouant toutes les règles de conduite. Ne restait alors qu'une petite heure pour commettre les meurtres. Donc, possible. Mais de nombreux radars jalonnent cette route, notamment un radar tronçon sur l'autoroute, augmentant sérieusement le temps de conduite si le pilote les respecte. Or, aucune moto ne fut flashée pendant les jours et heures fatidiques. De plus, vérification faite, Henri ne possède pas le permis moto de grosse cylindrée. Alors, une moto-taxi ? Les quelques professionnels locaux interrogés affirmèrent tous qu'ils ne se permettent jamais de transgresser les règles de conduite, protégeant ainsi leur outil de travail. Ultime vérification, la photo d'Henri fut présentée dans plusieurs bars de Thonon, et formellement reconnue. Oui, Henri était un habitué. Certains serveurs ne travaillant que le week-end affirmèrent même qu'ils le voyaient presque chaque semaine, parfois accompagné d'une femme. Toutes les hypothèses tombaient ainsi à l'eau l'une après l'autre, et la certitude persistait : Henri passait bien l'intégralité de l'après-midi à Thonon.

Enquête

Évelyne eut une mauvaise surprise : une convocation à la gendarmerie de Romans. Lors d'un aller-retour rapide à Frétigny elle se confia à Henri, qui ne parut pas surpris, et lui suggéra de dire la vérité, sauf sur la date de prévision de leur petit voyage. À nouveau, elle ouvrit la bouche pour poser une question, mais Henri, sourcils froncés, l'en dissuada. Habillée simplement, à peine maquillée, Évelyne patiente dans le hall triste et dénudé. Enfin, on vient la chercher et on l'introduit dans un bureau où l'attendent trois gendarmes. Après un bonjour poli de part et d'autre, l'interrogatoire débute :

— Asseyez-vous, madame. Vous vous appelez Évelyne Lacour, 54 ans, et vous habitez 27 rue Lacordère à Rombère ?

— Oui.

— Vous vivez seule ?

La question embarrasse Évelyne.

— Oui, enfin, non, je partage l'appartement avec un homme, mais ce n'est qu'un accord financier, chacun paie la moitié du loyer, nous n'avons aucune autre relation.

— Vous connaissez le passé de cet homme ?

— Oui, bien sûr, et vous le connaissez aussi bien que moi !

— Quelles sont vos ressources ?

— Ça aussi, vous le savez ! Pourquoi me le demander, pourquoi toutes ces questions ?

— Peu importe ce que nous savons ou non ! Répondez, s'il vous plaît !

— Eh bien, je reçois des amis généreux qui me donnent un peu d'argent.

— Autrement dit, vous vous prostituez ?

— Appelez ça ainsi, si vous voulez !

— Et vous donnez une partie de cet argent à Didier Martin !

Évelyne est atterrée, gesticule sur sa chaise, son visage se contracte, elle est horrifiée :

— Ah, non, sûrement pas, je suis indépendante depuis des dizaines d'années et ça ne changera jamais ! J'ai failli payer de ma vie cette indépendance ! Ça aussi, vous le savez ! Vous insinuez n'importe quoi !

Les gendarmes dévisagent Évelyne, des regards accusateurs et compatissants en même temps :

— Pourtant des virements de votre compte vers le sien sont récurrents ?

Évelyne ouvre de grands yeux, écarte un peu les mains en signe d'interrogation, elle n'a pas compris.

— Nous voulons dire que vous virez régulièrement de l'argent sur le compte de Martin.

Évelyne panique. Les apparences sont contre elle, pourtant la vérité est tout autre :

— Nous payons chacun la moitié du loyer. En réalité, chacun paie un mois sur deux. Il arrive couramment que Didier n'ait pas suffisamment d'argent en fin de mois, et je lui fais un virement complémentaire. C'est tout.

Le silence s'installe, les gendarmes fouillent dans leur dossier, consultent des documents, échangent quelques paroles à voix basse. Évelyne, rassurée, imagine alors qu'elle n'est convoquée que pour éclaircir une vague suspicion de proxénétisme. Mais, d'un coup, la réalité apparaît brusquement :

— Vous connaissez Henri Desroches ?

Évelyne, désarçonnée, rassemble ses esprits sur ce nouveau sujet et prend son temps pour répondre :

— Bien sûr, il est mon compagnon.

— Vous le connaissez depuis longtemps ?

— Depuis sa sortie de prison.

— Vous connaissez donc son passé ?

— Oui, enfin je pense.

— Comment l'avez-vous connu ?

Évelyne n'en peut plus de toutes ces questions dont les gendarmes connaissent parfaitement les réponses, elle s'indigne, s'énerve férocement et se rebiffe :

— Oh, ça suffit. Je l'ai connu par Didier, ils partageaient la même cellule en prison. Mais tout ça, vous le savez déjà, oui, je passe beaucoup de temps avec lui à Frétigny, oui, on couche ensemble, oui, on se balade, oui, on s'aime, et oui, on s'est offert un petit séjour au bord du Léman. Vous voulez aussi savoir si je le suce ? Alors oui, et il adore ça ! Vous êtes content ? Vous en savez assez ? Je peux partir maintenant ?

Les gendarmes, éberlués par cette violente tirade, s'observent, ne sachant quelle contenance adopter. Calmement, le chef pose la question.

— Depuis quand ce séjour était-il prévu ?

Évelyne baisse les yeux, prend son temps pour répondre :

— Quelques jours plus tôt, il m'en a parlé lors d'une conversation téléphonique. Mais pourquoi cette question, quelle importance ?

— En réalité, monsieur Desroches n'a réservé l'hôtel que le vendredi matin, jour de l'arrivée. Pourquoi n'a-t-il pas retenu plus tôt, dès que la décision a été prise ? En procédant ainsi Il risquait de trouver des hôtels complets ?

Évelyne hausse les épaules, une moue dubitative déforme ses lèvres :

— Je ne sais pas, posez-lui la question.

— Vous savez ce que vous risquez en cas de faux témoignage ?

— Non, mais ça ne me concerne pas.

Évelyne fixait les gendarmes droit dans les yeux, à tour de rôle. Le chef referma lentement le dossier, interrogea ses collègues du regard, se leva.

— C'est bon, veuillez signer votre déposition et vous pouvez partir.

À peine sortie, Évelyne prit son portable en main pour prévenir Henri, mais se ravisa aussitôt. Manifestement, les enquêteurs surveillaient tous leurs appels, et joindre Henri immédiatement pourrait paraître suspect. Et puis, rien ne pressait.

Le capitaine Farges, au courant de l'audition d'Évelyne, retourne les hypothèses dans tous les sens. Cette femme ment-elle quant à la date de prévision de leur week-end en amoureux ? Si oui, alors cela prouve que le but du week-end, pour Henri, était tout autre. Mais, si non, encore une fois, Henri est hors de cause, la destination de ces deux jours de congés était bien le tourisme, et non la préparation d'un quelconque forfait. Il devenait donc important de déterminer si Évelyne mentait ou non. Les gendarmes se procurent la liste des appels téléphoniques passés et reçus par Évelyne dans la semaine précédant ce fameux week-end. Henri l'a effectivement appelée le mardi, pour, selon elle, l'informer du projet d'escapade au bord du Léman. Mais, de nombreux autres appels passés par Évelyne, flanqués de numéros inconnus, figurent sur la liste. L'attention des enquêteurs est attirée par deux numéros appelés le vendredi, l'un à 9 heures 49 et l'autre à 9 heures 54 avec des durées courtes de quelques dizaines de secondes, et un troisième à 10 heures 02 qui ne répond pas. Renseignements pris, ces numéros concernent des hommes résidant dans le secteur.

L'enquêteur appelle le premier numéro :

— Bonjour, ici la gendarmerie, puis-je vous parler ?

— Euh, je suis en réunion !

— Bien, pouvez-vous me rappeler rapidement ? Au numéro qui s'affiche.

— Oui, pas de problème, à tout de suite.

Quelques minutes plus tard, il rappelle :

— Bonjour, vous m'avez appelé il y a cinq minutes.

— Oui, pouvez-vous venir à la gendarmerie cet après-midi ?

— Que se passe-t-il ?

— Je ne peux rien vous dire, quand pouvez-vous venir ?

— En début d'après-midi.

— Parfait, demandez le gendarme Favier. À tout à l'heure.

La cinquantaine, costume cravate, plutôt bel homme, le visiteur se ronge les ongles dans le hall. Pourquoi l'a-t-on convoqué ? Une bêtise commise par l'un de ses ados ? Une infraction routière négligée ?

— Bonjour, je suis le gendarme Favier, suivez-moi !

— Comment vous appelez-vous, et où habitez-vous ?

L'individu décline identité et adresse.

— Connaissez-vous Évelyne Lacour ?

L'homme est stupéfait, il blêmit, il s'attendait à tout sauf à devoir évoquer sa relation coupable. Il regarde la pointe de ses chaussures et bredouille :

— Oui, oui, un peu.

— Mettons les choses au point tout de suite, votre vie privée ne nous intéresse pas, mais vous pouvez probablement nous aider dans une enquête difficile. Aviez-vous rendez-vous avec elle récemment ?

Le visiteur, déstabilisé, envisage de mentir mais se ravise immédiatement.

— Euh, oui, samedi dernier.

— Et vous l'avez rencontrée ?

— Non, elle a annulé le rendez-vous.

— Quand ?

— Vendredi dans la matinée.

— Et ce rendez-vous, depuis quand était-il fixé ?

— Je l'ai appelée le mercredi précédent.

Les dires concordaient parfaitement avec les relevés téléphoniques. Le gendarme en sait suffisamment, édite le compte rendu d'audition et le tend pour signature au visiteur, qui hésite, tient le document du bout des doigts, et fixe le gendarme d'un regard affolé :

— Notre conversation ne peut-elle pas rester orale ? Je suis marié, de grands enfants, une bonne situation, si un tel document se révélait, je serais très mal…

— Votre signature est obligatoire, mais ce procès-verbal restera dans un dossier, sera étudié par le juge, mais, en principe, vous n'en entendrez plus jamais parler.

Un peu rassuré, l'homme signe et quitte la gendarmerie. Aussitôt, le gendarme appelle Farges :

— Bonjour capitaine. J'ai la preuve formelle qu'Évelyne a menti, je vous l'envoie tout de suite par mail.

Farges lit et relit le mail. Lors de sa première audition, Évelyne a affirmé que le projet de voyage fut décidé le mardi, avec un départ prévu le vendredi. Et, le mercredi matin, elle fixe un rendez-vous chez elle le samedi. Incohérent, totalement incohérent. Et la vérification des deux autres appels passés par Évelyne le vendredi matin mène exactement au même résultat : elle fixe des rendez-vous comme si aucun voyage n'était prévu, alors qu'elle affirme le contraire ! Le capitaine est perplexe : est-elle complice d'actes délictueux ou agit-elle sur ordre ? Ce qui est certain c'est que dans les deux cas elle ment. Et cette situation jette une tout autre lumière sur l'enquête en cours. Farges réfléchit longuement afin de déterminer la meilleure méthode de poursuite des investigations. Après concertation avec ses adjoints, et afin d'éviter une manigance entre les amants, Farges décide de convoquer les deux au même moment, mais pas ensemble : l'un à Faverges, l'autre à Romans.

Henri est nerveux, pas trop concernant son audition, mais pense à Évelyne, interrogée au même moment. Il la connaît bien, la sait fragile, assez friable, parfois même influençable. Les gendarmes ne vont pas la ménager, et de recoupements en recoupements parviendront peut-être à la faire craquer sous le feu des questions. Et elle pourrait avouer que c'est Henri qui lui a demandé d'affirmer que le voyage était prévu depuis le mardi.

Assis sur sa chaise métallique, sous le regard acéré de trois gendarmes, Henri affûte ses réponses, un nouveau duel s'engage, avec Farges cette fois, et ce n'est pas pour lui déplaire. Lors de son procès, dix ans plus tôt, le capitaine a témoigné, un témoignage à charge, les mots employés ne poursuivaient qu'un seul but : l'enfoncer le plus possible. Et Henri a la vengeance tenace. Il ne poursuit qu'un unique objectif : déconsidérer au maximum Farges aux yeux de sa hiérarchie et de l'opinion publique. Mais il sait que les joutes seront serrées, que chaque mot aura son importance, et que le vaincu paiera très cher sa défaite !

— Monsieur Desroches, le vendredi 6 mai, vous avez quitté votre domicile vers 8 heures 30, où alliez-vous ?

— J'allais chercher ma compagne.

— Pour quoi faire ?

— Partir avec elle quelques jours à l'hôtel.

— Pourtant vous ne portiez aucune valise en sortant de chez vous ?

Henri pâlit, cette question l'embarrasse. Il devine alors qu'il a été suivi depuis tôt le matin, même au sortir de son domicile.

— Ma valise était déjà dans la voiture depuis la veille.

— Vous partiez alors que l'hôtel n'était même pas encore réservé, c'est imprudent ?

— On trouve toujours de la place hors saison.

— Vous appelez votre compagne à 9 heures 42, elle vous rappelle à 10 heures 09, et vous réservez l'hôtel à 10 heures 14. Or il se trouve qu'elle a émis trois appels entre 9 heures 43 et 10 heures 05, afin d'annuler des rendez-vous prévus le jour même et le lendemain. Pour nous, les choses sont simples : aucun voyage n'était prévu, vous avez appelé Évelyne le vendredi matin pour lui proposer ce voyage, et elle n'a donné son accord qu'après avoir pu décommander ses clients.

Avec un sourire entendu et moqueur, Farges reprend :

— Elle travaille beaucoup, dites-moi !

Henri est en furie :

— Je ne vous permets pas d'insulter ma compagne, vous n'avez pas le droit…

— Je n'insulte personne, c'est un simple constat. Mais reprenons. Vous quittez votre domicile, et, arrivé à Annecy, vous effectuez brusquement un demi-tour sans raison apparente, pourquoi ?

Henri fait l'âne, s'amuse avec les gendarmes.

— Mais comment savez-vous cela ?

— Allons, allons, vous savez très bien que nous vous suivions ?

— Ah bon ! Non, je ne savais pas !

Un léger sourire narquois illumine le visage d'Henri. Se moquer de Farges lui procure une intense satisfaction.

— Monsieur Desroches, répondez à la question !

— Je me suis aperçu avoir oublié mon téléphone, et voulais revenir chez moi.

— Pourtant ce n'était guère le chemin ?

— Peut-être, mais je n'ai pas réfléchi à cet instant.

— Pourquoi frapper votre volant avec une telle force, déstabilisant ainsi votre véhicule ?

— J'étais énervé d'avoir oublié mon portable.

— Pourquoi rester une demi-heure chez vous, au lieu de repartir tout de suite ?

— Je voulais informer ma compagne de mon retard.

— Vous l'appelez donc à 9 heures 42. Que vous a-t-elle dit ?

Henri est gêné. Il sait qu'Évelyne est interrogée en même temps, qu'on lui posera la même question. Que répondra-t-elle ? Henri essaie d'anticiper, mais n'y parvient pas. Alors, mieux vaut dire la vérité.

— Elle m'a annoncé recevoir un ami vers 11 heures et avoir d'autres rendez-vous le lendemain qu'elle allait tenter de décommander. Elle m'a rappelé un peu plus tard pour m'annoncer l'annulation de ses rendez-vous, sauf celui de 11 heures, m'a précisé de l'attendre en bas de l'immeuble, et qu'elle appellerait quand je pourrais monter. C'est pour cela que je n'étais pas pressé de repartir, j'avais tout le temps.

L'un des gendarmes s'absente quelques minutes, puis réapparaît, et confirme d'un signe de tête qu'il s'est dit la même chose à Romans.

— Quand avez-vous proposé ce voyage à votre compagne ?

— Le mardi matin. Mais ce n'était pas une décision définitive. Seulement un projet bien avancé.

— Avec départ quel jour ?

— Le vendredi.

— Pourtant, lors de sa première audition, votre compagne a déclaré que ce voyage était définitivement acté ! Comment expliquez-vous alors que le lendemain, mercredi, elle propose des rendez-vous le vendredi et le samedi ?

Henri baisse les yeux, tapote l'accoudoir de sa chaise, balance légèrement la tête de gauche à droite.

— Je ne l'explique pas, elle a dû confondre ou mal comprendre.

À 150 kilomètres de là, Évelyne subit la même question, hésite à répondre, bafouille légèrement :

— Euh, je n'ai pas compris que c'était une invitation ferme, mais seulement une éventualité, une possibilité, et puis, vous savez, Henri est parfois versatile, change d'avis au dernier moment, et, comme j'ai besoin d'argent, je ne pouvais pas me permettre de ne pas prendre de rendez-vous au cas où le voyage n'ait pas lieu. D'ailleurs, ce qui prouve que j'ai raison, c'est qu'Henri n'a réservé l'hôtel que le vendredi matin.

— Qui vous a dit cela ?

— C'est vous qui me l'avez dit lors de ma première audition !

Les gendarmes, penauds, se rendent alors à l'évidence. Ils espéraient mettre Évelyne en difficulté, mais ce sont eux qui s'y retrouvent. Les auditions croisées sèment un doute définitif dans leur esprit. Finalement, il en ressort qu'un simple projet fût évoqué le mardi matin entre les amants, ce qui autorisa Évelyne à prendre des rendez-vous, et justifia la réservation d'hôtel seulement le vendredi matin. Certes, la volte-face d'Évelyne affirmant, lors de sa première audition, que le voyage était certain, et seulement éventuel lors de la deuxième, permet de penser qu'elle ment. Mais cette fragile preuve, reposant sur la perception d'une proposition lors d'un coup de fil, n'autorise aucune démarche sérieuse, ni dans un sens ni dans l'autre. Encore une fois, les enquêteurs se retrouvent pratiquement au point de départ.

Remue-ménage

Le portable d'Évelyne sonne. Henri !

— Bonjour, mon chéri, comment vas-tu ?

— Très bien, très bien.

Puis un blanc au téléphone. Henri ne peut refréner une ultime hésitation. Pourtant bien décidé quelques secondes plus tôt, il ne parvient pas à annoncer à sa compagne une décision attendue depuis longtemps et qui lui procurera un immense bonheur. Les atermoiements des années passées, estompés les mois précédents, ressurgissent subitement et bloquent les paroles d'Henri au fond de sa gorge.

— Henri, tu es toujours là ?

— Oui, oui !

— Mais que se passe-t-il, tu sembles bien mystérieux ?

Enfin Henri se décide.

— Prépare ta valise, je viens te chercher dans deux heures !

Évelyne ne peut retenir un cri de surprise et de joie. Un immense frisson de bonheur la parcourt, mais aussitôt, malheureusement, l'avenir télescope le quotidien : elle a des rendez-vous… L'espace d'une seconde, elle envisage de procéder comme la dernière fois : tenter de décommander ses rendez-vous et rappeler Henri. Mais le ton péremptoire d'Henri couplé à l'intuition féminine lui commande d'accepter l'invitation de suite.

— Merci, mon chéri, je suis si heureuse de passer quelques jours avec toi. Mais, dis-moi, je prévois une petite ou une grande valise ?

Encore un blanc. Évelyne devine la profonde incertitude d'Henri mais ignore à quel sujet.

— Prépare une grande valise et des sacs. Rattroupe tout ce qui t'appartient dans cet appartement. Tu n'y remettras plus jamais les pieds !

Évelyne, abasourdie, est aux anges. Enfin les mots qu'elle attend depuis des années viennent d'être prononcés. Elle désespérait de les entendre, mais aujourd'hui son Henri veut vivre en permanence avec elle, l'extraire définitivement de cet endroit sordide, de ces activités dégradantes, de cette infâme promiscuité d'avec un homme qu'elle exècre. Submergée par l'émotion, incapable de réagir, un long silence s'installe. Henri imagine la stupéfaction de sa compagne, respecte son mutisme momentané.

— Oh, mon chéri, que je suis heureuse de vivre avec toi chaque jour, chaque nuit maintenant.

— Moi aussi, ma chérie, je suis heureux de t'avoir à chaque instant à mes côtés. Ne perds pas de temps, dans deux heures je viens te chercher. À tout à l'heure.

— Je me dépêche ! À tout à l'heure, mon amour.

Évelyne s'allonge sur son lit, les mains derrière la nuque, ferme les yeux et se laisse emporter par son bonheur. Sa vie chaotique et embrouillée jusque-là défile à toute vitesse dans ses pensées. Mais c'est fini ! Et la douceur de sa vie future la baigne dans une mer de béatitude et un sourire s'esquisse sur son visage. Mais très vite, une sourde crainte percute cet enchantement : Didier ! Sans elle, il est incapable de s'en sortir, incapable de payer le loyer, d'entretenir la voiture, d'assurer les dépenses contraintes. Comment va-t-il réagir ? Certainement très mal, et quelle solution de repli lui est offerte ? A priori, aucune. D'un large geste devant son visage, Évelyne chasse ces funestes pensées. Au fond, ce n'est pas son problème, elle a déjà beaucoup donné, il n'aura qu'à chercher un travail plus rémunérateur !

Son paquetage s'avère léger. Quelques vêtements, démodés pour la plupart et plutôt fatigués, quelques bibelots désuets évoquant des souvenirs mitigés, une photo jaunie de sa mère trônant dans un cadre patiné, des médicaments périmés, antidépresseurs notamment qu'elle consomme épisodiquement. L'armoire à pharmacie lui appartient mais elle la laisse en place. Dans la cuisine, tout ou presque lui appartient aussi, mais elle ne récupère rien. Didier serait bien incapable de réapprovisionner, et puis elle lui présentera cet abandon comme une fleur destinée à adoucir son courroux.

En à peine une demi-heure, Évelyne est prête. Elle voudrait partir tout de suite, quitter hâtivement ce lieu misérable. Y passer une heure de plus lui insupporte. Et puis, si par hasard Didier rentrait et la trouvait sur le départ définitif, il serait capable de la tuer. Elle est inquiète, effrayée devant cette éventualité, appelle Henri :

— Rebonjour, mon chéri, je ne t'ai même pas remercié pour ta décision, je suis comblée, radieuse, mais où es-tu ?

— J'arrive dans une heure environ.

— Je vais quitter l'appartement tout de suite, je t'attends dans le petit jardin public à deux cents mètres de l'immeuble.

— D'accord, je t'embrasse, à tout à l'heure.

— Je t'embrasse, mon amour.

Deux voyages s'avèrent nécessaires pour descendre valises et sacs. Elle laisse sur la table de la cuisine une enveloppe contenant 500 euros, espérant ainsi calmer momentanément Didier. Enfin, elle s'installe sur un banc, son maigre matériel à ses pieds. Le rythme cardiaque s'abaisse, la respiration haletante s'apaise, elle est sauvée, elle a quitté sa vie, plus rien ne peut lui arriver. Son portable sonne, un ami l'appelle, elle le rejette, ne répondra plus jamais à ces sollicitations, ne décommandera même pas les trois ou quatre rendez-vous des jours suivants. Ils trouveront porte close. Elle changera rapidement de numéro, abandonnant définitivement son passé tortueux derrière elle. Évelyne se laisse aller contre le dossier du banc, ferme les yeux, entame un processus de régénération salutaire. Elle reste ainsi de longues minutes, immobile, déconnectée des quelques visiteurs du jardin qui l'observent bizarrement, imaginant une SDF entre deux abris de fortune. Les mères rappellent furieusement leurs enfants s'approchant un peu trop d'elle. Évelyne a honte. Mais cette image avilissante ne recouvre-t-elle pas une certaine réalité ? Elle est là, seule sur son banc, flanquée de l'intégralité du capital accumulé dans son existence : deux valises défoncées et deux sacs dans le même état ! À la cinquantaine largement dépassée, quelle déchéance ! Et, soudain, une pensée dévastatrice l'assaille : elle est totalement dépendante d'Henri et s'il la laissait tomber, elle serait bien incapable de rebondir, de s'en sortir seule. Après avoir durant trente ans préservé à tout prix son indépendance, la voilà pieds et poings liés à un homme !

Une voiture rouge se gare devant le square, Henri arrive. Il serre longuement Évelyne dans ses bras, la couvre de baisers, il est si heureux d'enfin l'exfiltrer de cette ignoble situation. Les jours suivants sont bénis, emplis d'amour, de tendresse, de multiples petites attentions réciproques. Évelyne est radieuse au sein de cet intérieur choisi par elle-même quelques mois plus tôt et qui lui convient parfaitement. Mais l'état de grâce est vite mis à mal : Didier est fou furieux, a vite compris que le départ d'Évelyne est définitif, et qu'il est incapable d'assurer seul les frais de son logement. À terme, il risque l'expulsion, de se retrouver à la rue. Il appelle Henri :

— Alors, t'es content ! Tu l'as pour toi tout seul, ton Évelyne ! Et moi, j' fais comment pour payer le loyer, entretenir la voiture, payer les charges ? Il faut qu'on en discute, je viens te voir ce soir !

Henri n'a pas pu dire un mot. La véhémence de Didier est telle qu'aucune intervention n'est possible.

— Je ne sais pas si je serai là ce soir…

Didier le coupe brutalement.

— J'arrive vers 19 heures, et tu as intérêt à m'ouvrir la porte !

Didier raccroche brusquement.

Évelyne a compris le sens de la conversation. Elle est effarée. Henri prend conscience de la gravité de la situation, le ton de la discussion annonce le pire. Vers 18 heures, Henri propose à Évelyne de s'éloigner de la maison, il est préférable que Didier ne la rencontre pas, elle accepte. Didier sonne, ne saisit pas la main qu'Henri lui tend. Installés au salon, Didier jette des regards circulaires.

— Elle est où ?

— Sortie faire des courses.

— Tu m'as mis dans un sacré merdier, je ne vois pas comment m'en sortir !

Henri réfléchit longuement à ce qu'il va dire. De toute évidence, Didier a bu, sa démarche chancelante, ses yeux injectés de sang, et l'odeur d'alcool qu'il exhale à chaque parole ne trompent pas. Il peut devenir violent dans ces circonstances. Henri essaie d'être calme et pèse ses mots :

— Je ne supportais plus la vie que menait Évelyne. Toi non plus d'ailleurs, tu t'es souvent plaint de ce défilé d'hommes dans votre appartement…

Didier le coupe méchamment :

— Et ça continue ! Elle aurait pu décommander ses rendez-vous, ça sonne sans arrêt, c'est moi qui ouvre et les visiteurs sont surpris ! Ils ignorent qui je suis, m'assimilent au client précédent, ou à son souteneur, et j'ai l'air malin ! J'en ai plus que marre ! Et, d'abord, pourquoi elle ne répond plus au téléphone ? Je n'ai pas pu l'avoir depuis trois jours ?

— Elle a changé de numéro !

— Donne-moi son nouveau numéro !

— C'est elle qui décidera !

Didier jaillit du canapé, Henri se lève brutalement, Didier l'agrippe au col.

— Ça suffit maintenant vos histoires, vous allez trouver une solution pour me sortir de ce mauvais pas !

Les deux hommes demeurent un grand moment cramponnés l'un à l'autre, chacun tentant vainement de prendre le dessus, gesticulant en grognant, se toisant mutuellement, mais la situation est bloquée, les deux combattants sont à peu près de la même force. Au bout de longues minutes, enfin, l'atmosphère se détend, les deux lâchent prise, chacun regagne sa place calmement, sur un match nul. Henri l'a échappé belle !

— Écoute-moi Didier, tu as cinquante ans, plutôt costaud, tu pourrais trouver un travail convenable, mieux rémunéré, qui te permettrait de vivre convenablement !

Didier s'énerve à nouveau.

— Et puis quoi encore ? Tu veux que je vide les poubelles, que j'empile des agglos à longueur de journée ? Tu t'fous de ma gueule ?

Henri amorce des gestes de dénégation, redoute de nouvelles violences, s'exprime le plus calmement possible :

— Non, non, mais sans aller jusque-là tu pourrais trouver du gardiennage, des travaux de jardin et d'autres choses encore !

— Et même si je cherchais vraiment, combien de temps avant de trouver ? Subir des formations, répondre à des annonces ? Et avec mon passé qui me colle à la peau qui voudra de moi ?

Henri, perturbé et intimidé, ne sait que répondre. Enfin, Didier rompt le silence :

— Évelyne dépensait environ 500 euros par mois pour les frais. Elle doit continuer à me donner cette somme pendant au moins un an, en attendant que je me retourne !

Stupéfait par cette demande, Henri répond immédiatement :

— Mais tu sais bien qu'ici elle n'a aucun revenu !

— Oui, mais toi tu en as ?

Cette fois, l'affolement s'empare d'Henri, Didier ne partira pas d'ici sans avoir obtenu satisfaction. Mais un sentiment de révolte envahit soudainement Henri :

— Mes revenus ne sont pas extensibles non plus ! Et puis tu n'as qu'à prendre un travail tout de suite ! Vider les poubelles n'a rien de déshonorant, tu pourrais faire ça ! Alors la réponse à ta question est non et non ! Je ne te donnerai pas un sou !

Le visage crispé, les poings fermés, le corps raidi, Didier dévisage longuement Henri en balançant lentement la tête de droite à gauche :

— Tu te souviens que je t'ai rendu un service il y a quelques années ? Tu crois que ton capitaine machin serait content d'apprendre que je t'ai fourni un faux permis de conduire ?

Henri est stupéfié : un chantage maintenant !

— Tu n'as qu'à lui dire, espèce de salaud, je lui donnerai le nom de l'ami auquel il était destiné et l'affaire sera terminée. Mais toi tu devras fournir le nom du faussaire, et il va être content ! Tu risques très gros !

L'ambiance électrique tournait à l'insupportable, chacun soupesait les menaces et les périls qu'une telle dénonciation faisait courir à l'un et à l'autre. Didier se leva :

— Réfléchis bien, je te rappelle dans deux ou trois jours ! Fais une bise à Évelyne de ma part !

Au grand soulagement d'Henri, Didier regagna la porte en maugréant. Sur le chemin du retour, il réfléchissait à la situation et s'en voulait. Quand, quelques années plus tôt, Henri lui avait remis l'enveloppe contenant l'argent et les éléments du faux permis, Didier l'avait ouverte pour prélever son dû d'intermédiaire, avait lu le nom et l'adresse du destinataire, et se souvenait parfaitement de ce moment, il avait même vérifié dans l'annuaire la véracité de ces renseignements. Mais ses neurones de plus en plus défaillants lui interdisaient de se souvenir de ce nom, et il s'avérait donc impossible de contacter cette personne pour savoir si ce permis lui était réellement destiné ou si Henri envisageait de l'utiliser d'une manière ou d'une autre. Dénoncer Henri se révélait donc une arme à double tranchant : pouvant l'accuser si le destinataire présumé niait être le demandeur du document, mais se retourner contre Didier s'il confirmait.

Mise au courant de la discussion, Évelyne, accablée, n'avait jamais envisagé la dangerosité de Didier à ce point : rien ne pourrait le faire reculer. À contrecœur, la mort dans l'âme, et afin de dénouer la situation, elle proposa à Henri de perpétuer la vie d'avant, retourner dans l'appartement quelques jours de temps en temps pour gagner sa vie, et ainsi dédommager son colocataire. Mais Henri se mit en furie, jamais il ne céderait à un chantage, jamais il ne laisserait Évelyne à la merci d'un « Didier » revanchard et menaçant. Après avoir examiné le problème sous tous ses aspects, il décida qu'il était urgent de ne rien faire. Quel était le risque ? Que Didier expose à Farges la commande du faux permis ? Mais, dans ce cas, Henri nierait en bloc, invoquant une ultime manœuvre de Didier pour le punir de l'avoir privé de ressources bien nécessaires. Et personne ne connaissait l'identité du soi-disant demandeur, le faussaire ne conservant certainement aucun document susceptible de révéler ses malversations.

Avancée

— Capitaine ! Une lettre anonyme vient d'arriver ! Elle concerne Desroches !

Le planton venait de débarquer sans frapper dans le bureau de Farges. Il tenait délicatement à bout de bras une chemise en plastique transparent renfermant une enveloppe et une lettre. La procédure avait été scrupuleusement respectée. Dès l'enveloppe ouverte et les caractères d'imprimerie repérés sur le document, les deux furent immédiatement protégés afin d'exclure tout risque d'empreintes parasites. Farges examinait le courrier, très court, sept mots : « Desroches loue un garage dans son quartier ». Les lettres, découpées dans un journal et collées les unes aux autres, trônaient en plein milieu de la feuille. L'enveloppe, elle, était manuscrite, une écriture bâton irrégulière : « GENDARMERIE DE FAVERGES » sans autre précision. Et un timbre oblitéré par la poste locale. Toujours selon la procédure, mais sans grand espoir, l'ensemble fut expédié aux services scientifiques de la gendarmerie.

Calé au fond de son fauteuil, le capitaine tentait d'apprécier l'importance de cette lettre. D'abord, les termes en étaient équivoques : « loue un garage »… Mais est-il le loueur ou le locataire ? Certainement, le locataire, car sinon quel intérêt ? Mais quel besoin de louer un garage ? Henri en possède déjà un et un abri voiture en plus. À quoi pourrait-il utiliser un box supplémentaire ? Et puis qui était ce dénonciateur, et dans quel but ? Certes, après son crime, de nombreux adversaires maudissaient Desroches : la famille et les amis de la victime, et les innombrables habitants de la région aux yeux desquels les huit ans de réclusion effectués paraissaient une peine bien trop légère en regard des circonstances. Alors, ce lieu recélerait-il des éléments susceptibles de relancer les enquêtes ? Le capitaine, toujours obnubilé par la possible culpabilité de Desroches, décida de rechercher cet éventuel garage.

Deux gendarmes furent désignés pour cette besogne difficile et ardue. La plupart des maisons sont pourvues d'un garage, tous les immeubles en abritent une lignée en sous-sol. Des centaines de personnes à interroger. Après concertation avec le capitaine, il fut décidé de restreindre le périmètre des investigations : si Desroches louait un garage pour dissimuler des activités illicites, celui-ci se trouvait nécessairement dans un endroit discret, et disposait d'un accès le moins exposé possible. Plusieurs rues furent ciblées et le travail débuta. Après des jours de recherches infructueuses, la chance sourit enfin aux enquêteurs. Sur les hauteurs de Frétigny, une impasse discrète desservait une dizaine de maisons du début du vingtième siècle. D'imposantes bâtisses familiales en pierre de taille, ultimes témoins d'un passé luxuriant, séparées les unes des autres par d'impressionnantes haies, et isolées de la rue par de hauts murs recouverts de vigne vierge. Le « vieux Frétigny » comme les habitants nommaient communément ce lieu. L'une de ces maisons possédait un box donnant directement sur la rue, et dont la porte basculante restait invisible de toute autre habitation.

Les gendarmes sonnent. Au bout d'un long moment, la porte s'entrebâille. Une femme âgée passe la tête :

— Que voulez-vous, monsieur l'agent ?

— Bonjour, madame, juste une question : louez-vous votre garage ?

La frayeur se lit à distance sur le visage de la vieille, elle ne répond pas. Le visiteur réitère sa question :

— Madame, s'il vous plaît, louez-vous votre garage ?

Un nouveau moment d'hésitation, elle se cache un peu derrière la porte qui se referme lentement, mais, finalement, la mine décomposée, elle se lance.

— Oui, je sais, on n'est pas très en règle, mais on n'a pas beaucoup d'argent, et notre locataire nous paie en liquide. Chaque début de mois, il glisse une enveloppe contenant deux billets de cinquante dans la boîte à lettres. Il est toujours très ponctuel. On va avoir beaucoup d'ennuis ?

Le gendarme la coupe immédiatement et retient laborieusement un sourire :

— Non, non, ne soyez pas inquiète, la manière avec laquelle votre locataire vous paie ne nous regarde pas. Mais à qui louez-vous ce garage ?

Une seconde vieille, copie conforme de la première, apparaît dans l'entrebâillement.

— Nous louons à monsieur Desroches !

Les deux gendarmes se regardent avec la même mimique de contentement. Ils ont trouvé !

— Attendez un peu, mesdames, on appelle notre chef.

Farges félicite chaudement les deux gendarmes et lâche tout de suite :

— J'arrive !

Dix minutes plus tard, autre coup de sonnette. À nouveau les deux vieilles. Certainement des jumelles : même petite taille, même visage creusé, mêmes cheveux gris, même permanente fatiguée, même robe de chambre délavée. Pourtant, il est quatre heures de l'après-midi. Elles expliquent au capitaine :

— Vous savez, monsieur l'agent, on n'est pas riches, on n'a que de petites retraites, et l'entretien ce cette maison de famille nous coûte une fortune. N'ayant pas de voiture, on loue le garage pour augmenter nos revenus. Oui, on sait, on devrait déclarer le loyer, mais…

Farges coupe la conversation :

— Encore une fois, mesdames, ne soyez pas inquiètes, le loyer de votre box ne nous intéresse pas, mais j'ai quelques questions à vous poser. Depuis quand louez-vous à monsieur Desroches ?

— Deux ou trois ans environ.

— Savez-vous à quoi lui sert ce garage ?

— Non, aucune idée.

— Vous l'avez déjà vu y stationner une voiture ?

— Non, jamais. Et comme vous pouvez le constater, on ne voit pas l'entrée depuis la maison.

Il est vrai que cet endroit est d'une rare discrétion. Aucune fenêtre ne donne sur la rue, la porte reste invisible, sauf par un piéton ou une voiture circulant au même moment. Probabilité très faible compte tenu du peu d'habitations donnant sur l'impasse et, en plus, ce sont pour la plupart des maisons de vacances occupées uniquement un ou deux mois l'été. La curiosité de Farges, aiguisée par ces aspects, le pousse à une démarche étonnante :

— Avez-vous une clé du garage ?

— Oui, bien sûr !

— Pouvez-vous me la donner ?

L'une des deux vieilles s'avance dans l'allée d'une démarche mal assurée. Les herbes folles lèchent le bas de sa robe de chambre et ses charentaises déformées la font vaciller sur les dalles disjointes de l'allée. Elle tend une petite clé au capitaine. Celui-ci se précipite vers la porte, sans se soucier de ses coéquipiers. Il enfonce brutalement la clé dans la serrure, mais elle refuse de tourner malgré l'insistance nerveuse du capitaine qui doit se rendre à l'évidence : le barillet a été changé !

D'un coup, le capitaine a honte. Honte de cette impardonnable et répréhensible tentative d'intrusion dans un espace privé, honte de s'être laissé emporter par ce déplorable aveuglement qui, depuis des années, lui fait supposer Desroches coupable alors que rien ne corrobore cette hypothèse. Il n'ose pas croiser le regard empli de réprobation des deux gendarmes qui l'accompagnent, abasourdis l'un et l'autre par le comportement de leur chef. Chacun sait, et ce n'est pas un secret au sein du peloton, que Farges voue une violente haine à Henri, mais d'ici à enfreindre à ce point le règlement pour satisfaire un dessein personnel, existe un pas que personne n'imaginait qu'il franchirait. Farges opère un demi-tour évitant soigneusement de croiser le regard de ses collègues.

— Allez, on y va !

Chantage

Évelyne et Henri sont heureux. Enfin ensemble en permanence, Évelyne cajole son amant par d'infinies petites attentions qui ravissent Henri. Elle aime profondément cet homme droit, simple, travailleur et attentionné. Lui apprécie sa compagne qui, quelque part, remplace également la mère qu'il n'a jamais eue. Elle le rassure, le console en cas de besoin, le guide dans les démarches du quotidien qu'il éprouve souvent beaucoup de mal à effectuer. De petites affiches déposées chez les commerçants locaux permettent à Évelyne de décrocher des menus travaux, repassage, ménage, cuisine. Certes, sa liaison avec Henri est connue, et certains n'hésitent pas à lui opposer une contre-publicité malsaine. Mais d'autres, bien-pensants, acceptent de participer à une réinsertion qu'ils jugent réussie. Seule l'ombre de Didier entame partiellement ce bonheur retrouvé.

Didier, de son côté, rame, incapable de retrouver un emploi décent, son addiction alcoolique couplée à une fainéantise persistante lui ferme toutes les portes. Au paroxysme de ses soirées d'ivresse, il envoie des SMS rageurs à Évelyne, la menaçant de représailles, voire de mort si elle n'obtempère pas à ses exigences financières. Mais Henri reste inflexible : c'est non et encore non !

Acculé, Didier sombre dans la petite délinquance : vol de portables, de nourriture ou de vêtements dans les grandes surfaces, mais ces menus larcins sont insuffisants pour venir à bout de ses difficultés financières. Bêtement, il s'aventure alors plus avant dans les exactions. Il réitère les faits ayant déjà conduit à sa condamnation passée et tente le chantage : Il repère dans des bistrots ou des lieux publics les couples illégitimes, prend discrètement des photos et exige rançon pour ne pas dévoiler aux conjoints leurs écarts matrimoniaux. Mais l'affaire tourne mal, il se fait épingler et est conduit à la gendarmerie locale. Évidemment, son passé ne plaide pas en sa faveur. Alors Didier imagine un scénario pernicieux pour s'en sortir momentanément. Il appelle la gendarmerie de Faverges et demande le capitaine.

— Ici le capitaine Farges, qui me demande ?

Un blanc au téléphone, une dernière hésitation, puis une voix faible :

— Bonjour, je m'appelle Didier Fabre, et j'ai été le codétenu d'Henri Desroches durant six ans.

Farges est surpris par l'appel mais pas par l'interlocuteur. Il connaît l'existence de cet homme ainsi que les relations entretenues avec Henri depuis sa sortie de prison.

— Que voulez-vous ?

— Euh, c'est délicat, mais vous pouvez peut-être me sortir d'une situation scabreuse !

— Comment ça ?

— Vos collègues de Romans m'ont auditionné pour diverses affaires, des vols notamment qui me mettent en situation difficile.

— Mais, que puis-je y faire ?

— Appeler la gendarmerie de Romans et solliciter de l'indulgence de leur part.

Le capitaine part d'un violent éclat de rire :

— Et pourquoi ferais-je cela ?

Le silence au téléphone…

— Allô ? Allô ? Fabre, vous êtes toujours là ?

— Je pourrais vous fournir une information importante concernant Henri.

Le capitaine se met en colère :

— Vous vous rendez compte de votre attitude ? Vous connaissez des faits sérieux concernant une enquête en cours et vous les cachez ! Je pourrais vous faire arrêter rien que pour ça ! Vous allez tout de suite me dire de quoi il s'agit !

— C'est hors de question, au revoir.

Didier raccroche.

Le capitaine est enragé. Se faire raccrocher au nez par un malfrat ! Il mériterait une bonne leçon. Mais, la colère apaisée, Desroches hante à nouveau l'esprit de Farges. Des éléments nouveaux représenteraient une véritable aubaine dans ces enquêtes au point mort, surtout si ces révélations confortaient Farges dans ses intuitions concernant la culpabilité d'Henri. Le capitaine appelle ses collègues de Romans. Ils lui confirment que les faits reprochés à Fabre sont relativement bénins, et qu'un classement sans suite ne poserait aucune difficulté. Didier s'imagine beaucoup plus vulnérable qu'il ne l'est réellement. Et le capitaine peut profiter de cette situation. Il rappelle Didier :

— Monsieur Fabre ?

— Oui !

— J'ai eu mes collègues, les choses peuvent s'arranger, mais qu'avez-vous de si important à me communiquer ?

Encore une hésitation au téléphone, Didier pèse ses mots, regrette momentanément son intervention puis finit par se lancer :

— Henri m'a demandé de lui fournir un faux permis de conduire, et, par amitié, comme j'ai encore quelques connaissances à Lyon, j'ai accepté.

Farges est médusé, pas trop par le fait que Fabre trempe encore dans ce genre de trafic, mais surtout par la demande de Desroches :

— À quand remonte cette demande ?

— Trois mois environ après sa sortie de prison.

— Vous a-t-il dit ce qu'il voulait en faire ?

— Non, il m'a affirmé que ce permis était destiné à l'un de ses amis dont le sien venait d'être retiré pour deux ans.

— Et vous l'avez cru ?

— Oh, vous savez, dans ce genre de situation on ne se pose pas de question.

— Vous avez vu le nom, l'adresse, la photo lors de la demande ?

— Non, pas du tout, Henri m'a confié une enveloppe cachetée contenant tout le matériel, y compris l'argent, que j'ai remise telle qu'elle à mon interlocuteur, et j'ai reçu en retour une autre enveloppe destinée à Henri.

Farges est sceptique. Fabre ment probablement, mais le capitaine sait qu'il n'aura pas plus de détails, y compris sur l'identité du faussaire. Et puis, de toute façon, celui-ci ne conserve certainement aucune trace de ses malversations et aucune possibilité n'existe de remonter jusqu'au titulaire de ce document.

— Pour cette fois, on va passer l'éponge sur vos agissements, mais n'y revenez pas, notre attitude ne sera pas toujours aussi conciliante.

Un vague « merci », et Didier raccroche. Le capitaine se renverse dans son fauteuil, pose les mains sur sa tête et soupire. Il est toujours tiraillé entre deux options concernant Henri : soit cet homme est coupable des deux derniers crimes et il prend de telles précautions que sa culpabilité est difficile à établir, soit il est innocent. Mais, l'absence totale de preuves ruine l'intuition du capitaine qui, depuis le début, pressent Henri coupable. Réflexion faite, Farges prend rendez-vous avec le procureur, et lui expose sa théorie :

— Monsieur le procureur, rien n'accuse formellement Desroches, je vous le concède bien volontiers. Mais, pour moi, un faisceau d'indices pointe malgré tout dans cette direction. D'abord, cette filature avortée prouve que Desroches, ce matin-là, avait un tout autre objectif que de rejoindre sa compagne pour un voyage d'agrément. Quel objectif ? nous n'en savons rien. Ensuite ce garage qu'il loue. Qu'y a-t-il dans ce box ? Pourquoi louer un garage alors qu'il en possède un, ainsi qu'un abri voiture. Rien ne l'empêche de stationner sa voiture dans l'abri, et d'utiliser le garage pour une autre fonction. Là encore, mystère. Enfin cette histoire de faux permis. Pourquoi, pour qui ce document ?

— Comment envisagez-vous la suite des opérations ?

Farges prend son élan, et lâche d'une seule volée :

— Monsieur le procureur, je voudrais que vous m'autorisiez à opérer une perquisition à son domicile.

Le procureur ne bronche pas. Il s'attendait à cette requête depuis un moment, il est même un peu étonné qu'elle se produise si tard. Un lourd silence s'installe dans le bureau. Le procureur réfléchit. Certes, les présomptions sont valides, mais il connaît l'acharnement persistant et critiquable de Farges envers Desroches. Une perquisition ne sera-t-elle pas assimilée à du harcèlement envers un homme que rien n'accuse formellement ? En cas d'échec, les médias se déchaîneront violemment sur la gendarmerie et le parquet qui, en réinstallant Desroches sur le devant de la scène, risquent de mettre à bas une tentative de réinsertion discrète et réussie jusque-là.

— Qu'attendez-vous de cette perquisition ?

— Tout d'abord une visite de ce garage qui cache probablement quelque chose. Ensuite, la recherche de cet éventuel faux permis. Et puis, cette visite pourrait réserver de bonnes surprises ? Cela s'est déjà produit dans le passé.

Le procureur, enfoncé dans son siège, tapote des doigts son accoudoir. Les expressions fugitives de son visage révèlent son intense réflexion. Il fixe le capitaine droit dans les yeux.

— Monsieur le procureur, je me permets d'insister.

Le magistrat avance lentement son fauteuil, pose ses mains sur le bureau, tend le cou vers son interlocuteur et lâche calmement :

— C'est oui ! mais pas de vagues, rien qui puisse nous mettre en difficulté.

— Je vous remercie.

Farges se lève, ramasse son képi, le procureur l'accompagne jusqu'à la porte et une franche poignée de main marque leur séparation. Le capitaine jubile. Enfin une possible avancée dans ces enquêtes totalement hermétiques jusque-là. Mais il sait également qu'il risque gros, que si le résultat n'est pas à la hauteur de ses espérances, sa crédibilité et même sa situation pourraient être menacées.

Chou blanc

Il est six heures ce matin-là. Évelyne, qui a le sommeil léger, perçoit des bruits assourdis mais inhabituels à l'extérieur. Elle se lève et constate à travers les persiennes des mouvements de gendarmes avançant le plus silencieusement possible dans la cour. Avant d'avoir le temps de réveiller Henri, on frappe violemment à la porte :

— Gendarmerie nationale, ouvrez, s'il vous plaît !

À peine dix secondes plus tard, réitération de l'injonction. Évelyne répond :

— Oui, oui, on arrive.

Henri, enfin levé, ouvre la porte :

— Vous êtes Henri Desroches ?

Malgré les circonstances, Henri trouve le moyen de sourire béatement. Lui et Farges se connaissent parfaitement, mais la procédure doit être respectée :

— Oui, c'est moi !

— Sur ordre du procureur de la République, nous venons procéder à une perquisition. Vous êtes seul dans cette maison ?

— Non, ma compagne est avec moi.

Évelyne qui a juste eu le temps d'enfiler une robe de chambre et de saisir son sac à main passe la tête dans le couloir. Farges l'aperçoit depuis la porte :

— Bonjour, madame !

Évelyne ne lui répond pas et fait mine de l'ignorer. Le capitaine entre et fait signe aux deux occupants :

— Veuillez vous installer dans la cuisine et ne plus en sortir, s'il vous plaît.

Évelyne s'exécute, tenant son sac à main sous le bras. Deux gendarmes pénètrent à leur tour dans la pièce et commencent à fouiller minutieusement l'endroit. Tous les tiroirs sont ouverts, les placards examinés, le dessus des meubles inspecté, rien n'est laissé au hasard. Une fois la cuisine passée au peigne fin, Farges en ferme la porte et laisse seuls les deux habitants à l'intérieur. Six gendarmes au total s'introduisent dans la maison et explorent consciencieusement chaque autre pièce. Tous les meubles sont concernés. Au bout de trois heures, cependant, la moisson s'avère maigre. Farges a lui-même fouillé le portefeuille d'Henri, extrait de sa veste pendue au porte-manteau du couloir, à la recherche de documents suspects. Mais rien d'anormal. Le capitaine entre à nouveau dans la cuisine. Henri et Évelyne ont tranquillement déjeuné.

— Monsieur Desroches, possédez-vous un ordinateur ?

Henri esquisse une grimace, et fait non de la tête :

— Vous savez, j'ai déjà beaucoup de mal avec mon téléphone, alors… un ordinateur !

— Avez-vous un accès internet sur votre téléphone ?

— Non !

— Et vous, madame, avez-vous un accès internet ?

Le portable d'Évelyne traîne sur la table, entre les reliefs du déjeuner et quelques revues de jardinage. Elle le fait négligemment glisser du bout du doigt en direction du capitaine.

— Oui, et vous pouvez regarder si vous voulez. Aucun mot de passe.

Le capitaine tend le portable à un gendarme qui s'éclipse avec l'appareil.

Évelyne veut sortir de la pièce tenant son sac à main serré des deux bras contre sa poitrine, mais Farges se positionne en travers de la porte :

— Madame, donnez-moi votre sac à main, s'il vous plaît !

— Et puis quoi encore ? Vous perquisitionnez le domicile d'Henri, pas le mien, je suis une visiteuse et vous n'avez pas le droit de fouiller mes affaires ! J'ai déjà été très complaisante de vous confier mon portable, mais mon sac contient des effets très personnels et je vous interdis d'y toucher !

Farges hésite longuement. Le ton péremptoire d'Évelyne le perturbe. Il ne se souvient plus très précisément de ce que lui autorise une perquisition et surtout de ce qu'elle lui interdit dans ce cas précis. Peut-il fouiller les affaires personnelles d'une étrangère à la maison visitée ? De plus, les mêmes deux gendarmes qui l'ont vu quelques jours plus tôt tenter l'ouverture du garage sans autorisation sont derrière lui, dans le couloir. Farges croise leur regard inquiet. S'il commettait une nouvelle faute, avec quatre témoins cette fois, c'en serait terminé de son grade. Finalement, après de longues secondes, il s'écarte de la porte et laisse passer Évelyne.

— Monsieur Desroches, nous avons trouvé un sac plastique contenant une cinquantaine de mégots. À quoi cela vous sert-il ?

— Fumer revient de plus en plus cher, je récupère des mégots par ci par là et reconstitue des cigarettes.

— Mais nous n'avons trouvé aucun papier permettant de confectionner une cigarette. Comment procédez-vous ?

Un sourire narquois se dessine sur les joues d'Henri :

— Vous avez mal cherché. Je dispose d'un appareil adéquat dans l'un des tiroirs de l'armoire de ma chambre.

D'un signe de tête, Farges dépêche un gendarme qui réapparaît une minute plus tard, muni d'un engin bizarre et de trois paquets de feuilles à tabac. Le capitaine tend l'ensemble à Henri :

— Montrez-moi comment se servir de ce truc !

Henri insère une feuille entre les rouleaux, déchiquette cinq ou six mégots, émiette le tabac sur la feuille, approche l'appareil de sa bouche, humidifie le bord du papier, appuie sur une petite manette, et une cigarette très convenable est éjectée. Il l'exhibe brutalement sous le nez du capitaine qui esquisse un mouvement de recul :

— Allez-y, fumez là !

Le capitaine ne bronche pas, demeure immobile, dévisage longuement Desroches. Il espérait qu'il serait incapable d'utiliser l'appareil, et souhaitait le coincer, mais, là encore, la manœuvre échoue. Farges fait alors un signe au gendarme qui l'accompagne, celui-ci approche, tenant une petite boîte en bois rectangulaire qu'il transmet au capitaine. Celui-ci s'assied tranquillement dans la cuisine à côté d'Henri, pose doucement la boîte sur la table et lève lentement le couvercle. Une dizaine de clés s'entremêlent au fond du coffret qui reposait à côté de la porte d'entrée sur une table basse.

— C'est quoi toutes ces clés ?

Henri baisse la tête, fait semblant d'inspecter le contenu. Machinalement, il balaie du bout du doigt le contenu de la boîte comme pour réveiller ses souvenirs. Soudainement, il lève les yeux :

— Je ne sais pas, ces clés sont là depuis très longtemps, avant mon incarcération, et elles ne servent plus à rien.

— Vous êtes sûr ?

Farges cherche à enfermer Henri dans ses mensonges. Il a repéré une petite clé brillante, manifestement récente et qui ressemble fort à celle qu'il a tenté d'utiliser pour ouvrir le garage. Le barillet a été changé mais la forme de la clé est nécessairement la même.

Henri reste silencieux. Il se tortille sur sa chaise, passe nerveusement la main sur son visage, et se décide d'une voix mal assurée qui tranche avec ses déclarations précédentes :

— Je ne sais pas à quoi servent ces clés !

Farges le fixe longuement, intensément, les deux hommes se jaugent mutuellement : qui va prendre le dessus ? Enfin, le capitaine sort délicatement de la boîte la petite clé argentée et l'approche du visage d'Henri :

— Ne serait-ce pas une clé de garage ?

Henri se décompose d'un seul coup, fixe la table, se voûte lentement, quelques gouttes de sueur perlent sur son front et il ne répond pas.

— Je repose ma question : serait-ce une clé de garage ?

Henri est piégé, comment va-t-il justifier son mensonge, mais il ne peut plus reculer.

— Oui, oui, c'est la clé d'un box que je loue.

— À quel endroit ?

— Dans une impasse, pas loin, au sein du vieux Frétigny.

— Pourquoi me cacher ce fait ?

— Mais ça n'a aucune importance !

— À quoi vous sert ce garage ?

— J'y entrepose de vieux meubles en attendant de les vendre.

— Mais vous pourriez les loger dans votre garage ici, et garer votre voiture dans l'abri ?

— Je me méfie des voleurs, je veux que ma voiture couche dans un garage fermé !

Farges n'en revient pas. Un repris de justice, un assassin qui se méfie des voleurs ! Le monde à l'envers !

— Venez, on va visiter ce garage maintenant !

À l'extérieur, la cour est assaillie de curieux attirés par l'événement. Tous pressentent une avancée dans la résolution des crimes. Les commentaires vont bon train et le mot de « récidive » court sur toutes les lèvres. Des journalistes aussi sont là, se précipitent sur le militaire, posent des questions, essaient même de contacter Henri. Le capitaine, excédé, fait évacuer l'endroit. Mais le garage ne se situe qu'à deux cents mètres et il est impossible de semer une telle meute sur une si courte distance. Tant pis, Farges, Henri, et deux gendarmes s'éloignent à pied, suivis d'une cinquantaine de personnes, dont quelques journalistes. Arrivés à une trentaine de mètres de l'objectif, les gendarmes forment un cordon de protection. Même à cette distance, les appareils photo crépitent et visent bêtement la porte basculante encore fermée. Farges introduit la clé dans la serrure, et, cette fois, elle tourne. La porte se lève. Les flashs des appareils photo redoublent. Le capitaine retient sa respiration. À l'intérieur, un capharnaüm de vieux meubles, table, chaises, lit, entassés au fond et sur un côté, des lampes, un matelas, des sacs plastique contenant des vêtements démodés, et, en plein milieu, un antique buffet Henri 2. À l'aide de sa torche, le capitaine inspecte globalement l'ensemble, puis entame une fouille plus minutieuse : les tiroirs notamment. Au cours de son examen, le rayon lumineux passe sous le buffet, et là, un détail l'intrigue : une tache d'huile d'une dizaine de centimètres, en grande partie dissimulée par le meuble. En y regardant de plus près, il constate que les pieds du buffet ont laissé de nombreuses traces sur le béton, comme s'il était souvent déplacé en le ripant. D'autres gendarmes, arrivés en renfort, poussent le meuble à grand-peine. La tache d'huile, bien visible, apparaît en entier.

— Monsieur Desroches, d'où provient cette tache ?

Henri, qui s'est approché, ne sait que répondre :

— Je ne sais pas, elle était probablement déjà là avant que je ne loue ce garage.

Farges se baisse, passe lentement son index dans l'huile, le frotte contre son pouce, puis se relève.

— Cette huile n'est pas encore figée ! Vous garez une voiture dans ce box ?

— Non, non, jamais !

La perplexité du capitaine n'a d'égale que sa curiosité. Il abandonne momentanément Henri entre les mains de ses collègues et sonne à la porte de la maison. L'une des deux vieilles apparaît.

— Qu'est-ce qu'il y a encore, monsieur l'agent ?

— Pouvez-vous venir jusqu'ici, j'ai une ou deux questions à vous poser.

La femme s'avance, impressionnée par le remue-ménage qui se déroule dehors et qu'elle découvre.

— Que se passe-t-il ?

— Je vous expliquerai… Mais avant de louer ce garage, y avez-vous abrité une voiture ?

— Oh non, jamais. La dernière qui y est entrée est celle de mon fils, mais cela remonte à plus de dix ans. Depuis plus personne n'est entré à l'intérieur.

— Et vous n'y avez jamais entreposé d'appareils à moteur thermique, genre tondeuse ou motoculteur ?

— Non, non, jamais, nous ne possédons pas ce type d'engin. Une ou deux fois par an, un voisin tond la pelouse et entretient la végétation.

De retour dans le garage, Farges empoigne Desroches par le bras et le propulse sans ménagement à l'extérieur, en pleine lumière, dans l'impasse. Et là, devant tous les curieux, il l'invective férocement :

— Vous vous moquez de moi, vous mentez, d'abord vous me cachez l'existence de ce garage et ensuite vous refusez l'évidence. De temps à autre, vous déplacez le buffet et vous rentrez une voiture, quelle voiture, pourquoi, répondez !

Acculé, impressionné, inquiet, Henri improvise maladroitement :

— Quelquefois, lorsque nous recevons des amis, ils garent leur voiture dans le box de la maison, et la mienne couche dans ce garage.

Le capitaine ordonne à ses adjoints d'effectuer un prélèvement de l'huile et de refermer le box. Il entraîne Henri vers sa maison. La cohorte de suiveurs emprunte le même chemin. Parvenus dans la cour, les deux se dirigent vers la voiture d'Henri.

— Monsieur Desroches, sortez votre voiture du garage !

À cet instant précis, Henri se rend compte de son erreur, et panique. La voiture sortie, le capitaine inspecte scrupuleusement le sol : aucune trace d'huile, même la plus infime. Les deux se dévisagent longuement, sans mot dire, tout se lit dans leurs regards : accusateur pour l'un, déstabilisé pour l'autre. De retour dans la cuisine, Farges extrait de la boîte une autre clé : petite, noire.

— Vous disposez d'un coffre dans une banque ?

— Non, et que voudriez-vous que j'y entrepose ? Encore une fois, ces clés ont plus de dix ans.

— Vous m'avez déjà dit ça, et l'une au moins n'avait pas dix ans ! Alors pourquoi pas une seconde ?

— Croyez ce que vous voulez, je m'en fous !

Farges réfléchit intensément. Puis, finalement, décrète la fin de la perquisition.

Le lendemain, tous les journaux affichent en première page la photo des deux hommes en grande discussion devant le fatidique garage. Comme toujours, les commentaires anticipent : « Avancées dans l'enquête sur l'étrangleur du lac » ou « Desroches récidiviste ? ».

Le procureur, furieux, convoque le capitaine. Sans le moindre préambule, le magistrat explose :

— Pour de la discrétion, vous avez fait très fort ! N'importe quoi ! Vous avez manqué à tous vos devoirs ! Pourquoi ne pas avoir installé de périmètre à distance ? J'ai tous les élus sur le dos ! La psychose criminelle, atténuée jusque-là, reprend le dessus ! Pourquoi cette discussion à l'extérieur, pourquoi ne pas être restés dans le garage ?

Enfin une accalmie. Farges répond :

— Oui, c'est vrai, j'ai été un peu dépassé par les événements, je ne pensais pas qu'une simple perquisition attirerait autant de monde. Mais, au moins, cela montre au public que nous n'avons pas abandonné l'affaire.

Ces dernières paroles aiguisent la circonspection du procureur. Il soupçonne alors Farges d'avoir sciemment laissé les journalistes approcher pour prouver que l'enquête avançait, et sauver ainsi sa peau. Les deux hommes se quittent dans une ambiance froide et hostile.

De retour, Évelyne dévisage Henri avec suspicion, et, sur un ton de reproche :

— Pourquoi m'as-tu caché l'existence de ce garage ?

Henri, penaud, gêné, ne répond pas tout de suite.

— Mais ce garage n'a aucune importance, j'y entrepose nos vieux meubles en attendant de nous en séparer !

— Alors, pourquoi as-tu toujours refusé que je passe des annonces pour les vendre ?

Henri s'énerve :

— Mais je voulais attendre un peu, au cas où une nouvelle utilité se présenterait dans la maison pour tout ce matériel !

Évelyne n'est pas dupe. Henri lui cache quelque chose sur ses activités, mais quoi ? Garderait-il des meubles pour équiper un autre appartement ? Y aurait-il une autre femme dans sa vie ? Pourtant, depuis qu'ils vivent en permanence ensemble, l'emploi du temps d'Henri est sous contrôle. Sauf bien sûr pendant ses horaires de travail et ses quelques sorties en solitaire pour la pêche notamment. Un doute pernicieux s'insinue maintenant dans l'esprit d'Évelyne…

Le printemps s'annonce, les jours rallongent rapidement, et, malgré la suspicion légitime d'Évelyne, les amants coulent des jours heureux. Aux petits soins pour elle, il lui offre régulièrement des fleurs, des cadeaux, manifeste de petites attentions quotidiennes, et, même si elle ne parvient pas à chasser totalement ses pensées parasites, elle accepte ce comportement rassurant de la part de son compagnon.

En possession de nouveaux éléments concernant son enquête, Farges décide de convoquer une nouvelle fois Henri. Assis l'un en face de l'autre, les deux hommes initient un nouveau bras de fer.

— Monsieur Desroches, nous avons reçu les résultats d'analyse de l'huile trouvée au sol du garage que vous louez. La conclusion est sans équivoque : compte tenu de sa viscosité, cette huile est présente depuis deux ou trois ans maximum, donc depuis que vous louez ce garage. Vous êtes le seul à détenir la clé, alors je repose ma question : d'où provient cette tache ?

Henri croise et décroise nerveusement ses jambes, regarde par terre. Il sait avoir déjà menti à ce sujet lors de la perquisition, et n'envisage aucune explication :

— Je ne sais pas.

— Monsieur Desroches, la teneur de cette tache ainsi que les traces au sol prouvent de nombreux déplacements du buffet et nous incitent à penser que vous mentez. Je vous repose la question très directement : entreposez-vous une voiture épisodiquement dans ce box ?

Henri persiste dans ses affirmations :

— Non !

Après un long silence, Farges ouvre un dossier présent sur son bureau.

— Monsieur Desroches, connaissez-vous Didier Fabre ?

Henri est désorienté. Que vient faire Didier au milieu de cet interrogatoire ?

— Oui, bien sûr.

— Comment l'avez-vous connu ?

— Oh, vous savez tout cela très bien, épargnez-moi ce genre de question !

— Répondez, s'il vous plaît !

— C'était mon codétenu.

— Vous le côtoyez régulièrement ?

— On se voit de temps en temps, mais depuis quelques mois nos relations sont très froides, distantes et dégradées.

— Pourquoi ?

— Ma compagne Évelyne partageait un appartement avec lui, pour limiter les frais. Mais depuis qu'elle vit avec moi à Frétigny il a du mal à assumer seul son loyer et il nous en veut terriblement. Il exigeait de l'argent mais j'ai refusé ! On a failli se battre !

— Il a affirmé que vous lui aviez demandé de vous fournir un faux permis de conduire, est-ce vrai ?

Henri marque le coup mais se ressaisit rapidement, sort de ses gonds, se met en colère.

— C'est tout ce qu'il a trouvé pour nous nuire ? Depuis des mois, il nous tourmente, envoie des messages incendiaires, nous menace même de mort ! Et, dans ces conditions, vous prêtez attention à ses affirmations mensongères ? Je n'aurais jamais cru cela de votre part ! Ah, elle est belle la gendarmerie !

Farges coupe brutalement Henri :

— Pas d'insultes, s'il vous plaît, contentez-vous de répondre aux questions !

— C'est faux, je ne lui ai jamais rien demandé.

L'interrogatoire prend fin, Henri signe sa déposition.

Début mai, Évelyne annonce à Henri son intention d'aller passer une semaine chez sa mère à la fin du mois. Elle souhaite se trouver à Lyon le jour de la fête des Mères. À cette seule évocation, Henri se raidit, prêt à exploser ! La fête des Mères ! Lui n'a plus personne à fêter, il ne se souvient même plus du visage de la sienne ! Elle l'a lâchement abandonné, ne s'est plus jamais occupée de lui. Il a traîné pendant des années de famille d'accueil en famille d'accueil, de foyer en foyer, subi toutes les humiliations, raclé le fond des plats quand tous les autres étaient servis, privé de cadeaux de Noël quand tous les autres en recevaient, condamné à sécher l'école pour garder un malade quand tous les autres s'y rendaient, contraint à finir d'user les vêtements des plus grands alors qu'eux s'habillaient de neuf. Les fugues, les remontrances, les punitions, les études interrompues prématurément, une jeunesse esquintée, sabotée, pervertie, faute à une mère irresponsable et inconséquente. Henri lâche un long soupir :

— Oui, tu as raison, va voir ta mère, toi qui as la chance d'en avoir une !

Évelyne s'approche, prend Henri dans ses bras, le câline tendrement :

— Tu peux venir avec moi quelques jours à Lyon !

Henri, déterminé, décline poliment l'invitation.

La surveillance allégée dont il est l'objet se perpétue régulièrement. Quelquefois, Henri s'en aperçoit, mais pas toujours. Le dernier crime remonte maintenant à près de deux ans, et les filatures s'espacent de plus en plus. On le surveille à la sortie de son atelier, ou le week-end, mais le personnel de la gendarmerie n'est pas extensible, et Henri reste assez libre de ses mouvements. Pourtant, un soir, à la sortie de son travail, filé sans s'en apercevoir, il se rend dans un lieu très inhabituel : un cybercafé ! Les deux suiveurs attendent patiemment sa sortie, qui intervient un quart d'heure plus tard. Les deux gendarmes se précipitent à l'intérieur, repèrent grâce au gérant le poste sur lequel Henri a travaillé, éjectent assez brutalement son successeur et consultent l'historique des sites visités : uniquement des loueurs de voitures, dans un rayon d'une centaine de kilomètres autour d'Annecy, notamment Chambéry, Aix-les-Bains, Grenoble. Les deux se regardent, leur incompréhension est totale. Farges, mis au courant, rapproche immédiatement cette recherche de location de la tache d'huile du garage. Henri louerait-il de temps à autre une voiture qui séjournerait dans ce garage ? Et, si oui, pourquoi ?

Recrudescence

Dimanche 30 mai. Les fleuristes sont pris d'assaut. De longues files d'attente stagnent devant les pâtisseries. À Lyon, Évelyne a acheté un cadeau. Le temps est magnifique, les sourires inondent tous les visages, la journée s'annonce merveilleuse, emplie de multiples attentions pour toutes les mères. Il est maintenant 22 heures, Farges aussi a passé une bonne journée avec sa famille, ses enfants. Il s'apprête à se mettre au lit, mais son portable sonne…, une voix essoufflée et bredouillante !

— Capitaine, une femme étranglée vient d'être découverte aux environs d'Albertville !

Farges se laisse tomber dans un fauteuil, stupéfait, ahuri, sidéré par l'annonce. Depuis deux ans, la vie locale avait progressivement repris ses droits, les crimes inexpliqués s'estompaient graduellement dans les mémoires, mais une nouvelle réalité surgissait sauvagement avec une extrême brutalité.

— Capitaine, capitaine ?

— Oui, oui, j'écoute. J'arrive dans un quart d'heure. Réunis toute la brigade !

En jean et col roulé, Farges, au téléphone depuis sa voiture, s'imprègne des premiers éléments de la découverte. À 20 heures, un habitant du village voisin appelle la gendarmerie : sa femme, partie faire un jogging autour de 15 heures n'est toujours pas rentrée. Il est inquiet, la nuit commence à tomber, et un retour si tardif est très inhabituel. Les gendarmes le rassurent, de tels événements sont courants, et il faut attendre quelques heures avant de débuter des recherches. Vers 21 heures, à la nuit tombante, un couple illégitime cherche un endroit tranquille à trois kilomètres environ du plus proche village… La voiture s'engage sur un chemin de champ qui, au bout de trois cents mètres, pénètre à l'intérieur d'un bois. Soudain, au bord du chemin, le faisceau des phares éclaire une forme allongée par terre. Le conducteur s'arrête et descend de voiture. Il découvre alors un corps immobile en partie caché dans les hautes herbes, fait demi-tour, rejoint la route et appelle aussitôt les secours. Une demi-heure plus tard, les gendarmes doivent se rendre à l'évidence, la femme est morte, probablement étranglée. Farges arrive sur les lieux. Un périmètre de sécurité interdit l'accès du chemin aux curieux déjà nombreux malgré l'heure tardive. Des voitures sont garées le long de la route sur plus de cinq cents mètres. Le capitaine s'approche du corps et le constat est sans appel : la femme, jeune, porte des traces très nettes de strangulation. Les spécialistes de l'identité judiciaire débarquent en pleine nuit, car il faut faire vite. Farges, toujours présent, ose une question :

— À votre avis, à quand remonte la mort ?

Le spécialiste examine plus précisément le corps en le balayant posément avec une lampe de poche, se relève lentement :

— À quelques heures, six à huit heures au maximum.

Farges est perplexe. Cette fois, le crime a eu lieu un dimanche, et quel dimanche ! Celui de la fête des Mères. La victime a probablement des enfants qui l'ont célébrée plus tôt dans la journée. Quelle horreur ! Il est deux heures du matin, le capitaine décide d'interrompre les recherches. Deux gendarmes surveilleront l'endroit jusqu'au lendemain matin. Appelé en pleine nuit, l'auteur du coup de fil de début de soirée reconnaît bien sûr immédiatement le corps de sa femme. Extrêmement choqué, les enquêteurs devront attendre le lendemain pour l'interroger. Il ne comprend pas, sa femme était une personne simple, bien intégrée dans son environnement, il ne lui connaissait aucun ennemi. Le ratissage minutieux du lieu du crime n'apporta aucun élément intéressant permettant de débuter l'enquête. Le mardi matin, la une des journaux aussi bien locaux que nationaux titrait sur ce nouveau meurtre. La psychose reprenait de plus belle, plus aucune femme n'osait sortir seule, même dans les lieux très surveillés. Dans ces mêmes quotidiens, la gendarmerie lançait un appel à témoins : toutes les personnes ayant fréquenté les environs entre 15 et 20 heures étaient priées de se faire connaître. Une cinquantaine de réponses, passées au crible, recoupées entre elles, permirent de mieux situer les événements. La joggeuse avait été vue le long de la route principale vers 16 heures, mais personne ne l'avait aperçue plus tard. Un promeneur passé dans le bois vers 17 heures affirma qu'aucun corps n'était présent à cette heure, il l'aurait remarqué.

Par routine, les enquêteurs présentèrent à tous les témoins la photo d'Henri, mais aucun ne le reconnut. De même, aucune voiture rouge ne fut signalée dans les parages, rien qui pourrait mener à Desroches. Le capitaine, peu surpris par cette absence de suspicion concernant Henri, consulta également tous les enregistrements des caméras routières des environs. Et, effectivement, aucune Clio rouge ne fut remarquée. Au titre d'ultime vérification, le capitaine appela André Rollin, le patron d'Henri :

— Bonjour monsieur Rollin, le capitaine Farges à l'appareil, vous vous souvenez de moi ?

— Bonjour, oui, bien sûr !

— Vous êtes au courant de ce qui s'est passé dimanche ?

— Oui.

— Desroches a-t-il pris des congés ces jours derniers ?

La réponse fusa instantanément :

— J'ai pensé à la même chose que vous ! Mais non, Henri était au travail vendredi et lundi derniers.

L'ultime espoir du capitaine s'effondre, ce crime ne ressemblait que peu aux deux précédents. Un autre contrôle de routine s'imposait pourtant : reconstituer les faits et gestes de Desroches grâce à son téléphone portable.

De vendredi 18 heures au samedi 9 heures, Henri était chez lui. Vers 9 heures, déplacement jusqu'au centre d'Annecy, pour une demi-heure environ. Puis, nouveau déplacement jusqu'au nord de la ville, dans le quartier de la gare. Stationnement dans ce secteur jusqu'à 14 heures 30. Puis voyage jusqu'à Évian, où le portable ne bouge plus jusqu'au lendemain matin 10 heures. À partir de ce moment, déplacement en direction de Thonon, pour une arrivée vers midi. Stationnement jusqu'à 16 heures 30, et nouveau départ, mais pas directement pour Annecy. Passages à Annemasse, Saint-Julien, puis arrivée à Frangy à 17 heures 50. Stationnement durant une heure, puis retour à Frétigny à 19 heures 30. Encore une fois, Henri était hors de cause, incapable au vu de ces horaires de commettre un crime vers 18 heures à vingt-cinq kilomètres au sud d'Annecy alors qu'il se trouvait à vingt kilomètres au nord-ouest ! Alors, encore une fois, qui ?

Évelyne, rentrée de Lyon, discutait avec son amant de ce nouveau crime.

— Qu'as-tu fait ce week-end ?

— Eh bien, figure-toi que je l'ai passé au bord du Léman ! Je suis parti le samedi en début d'après-midi, ai passé la nuit dans un hôtel à Évian, puis déjeuné à Thonon, et suis rentré le dimanche soir vers 19 heures 30.

Évelyne ne peut retenir un soupir d'aise, son Henri est hors de cause dans ce massacre relaté jour après jour dans les journaux à grands coups de détails plus ignobles les uns que les autres. Elle est heureuse de retrouver son amant après une semaine difficile auprès de sa mère. Celle-ci ne peut s'empêcher de critiquer le comportement de sa fille, même si elle sait que maintenant elle gagne honnêtement sa vie. Elle lui reproche son rapprochement avec un criminel, ses jobs éphémères et peu rémunérateurs, sa précarité financière, et, malgré les nombreux efforts d'explication de sa fille, rien n'y fait. Et le moment le plus heureux du séjour est la montée dans le train pour retourner à Annecy.

Trois jours après le crime, les résultats de l'autopsie sont connus : décès par strangulation, aucune autre atteinte corporelle. Farges sait d'avance que les résultats ADN ne donneront rien de plus, il est inutile de tergiverser. Pressuré par sa hiérarchie, harcelé en permanence par les médias, le capitaine organise une réunion de crise afin d'établir un état des lieux et d'orienter la suite de l'enquête. Il apparaît alors inutile de poursuivre le travail de routine habituel qui ne mènera à rien. Au terme d'une longue réflexion, en reprenant un à un les éléments en sa possession, Farges, dont la suspicion est toujours dirigée en direction d'Henri, est interpellé par trois éléments troublants et concordants : d'abord ce passage dans un cybercafé pour visiter des sites de location de voitures éloignés, puis l'affirmation du codétenu qu'Henri a fait fabriquer un faux permis, et, enfin, cette tache d'huile dans le garage prouvant la présence épisodique d'une voiture. Certes, l'allégation concernant le permis est peut-être un pur mensonge, mais, tout de même, quel intérêt aurait eu Fabre à inventer cette fable qui le met aussi et à titre personnel en péril ? Il aurait pu imaginer de nombreux autres scénarios susceptibles de nuire au couple.

Il est donc décidé de contacter tous les loueurs de véhicules, dans un rayon de cent kilomètres autour d'Annecy afin de rechercher les locations débutant le samedi et finissant le dimanche soir ou le lundi matin. Un véritable travail de fourmis, plus de cinq cents entreprises différentes sont concernées. Durant quatre jours, trois gendarmes scotchés au téléphone glanèrent des renseignements. Une centaine de locations correspondaient aux critères exigés. En dépouillant ces résultats, Farges constata que huit seulement incluaient un retour le dimanche soir, possibilité peu courante, les entreprises devant disposer d'un système de boîte à clés permettant de déposer la voiture en toute sécurité. André Rollin avait bien précisé qu'Henri travaillait le lundi matin, et le capitaine décida de s'intéresser dans un premier temps à ces seuls huit cas. Vérification faite, sept de ces cas s'avéraient parfaitement clairs. Restait le huitième, assez surprenant, une C3 blanche, louée à Albertville depuis le samedi matin jusqu'au dimanche soir. Le locataire avait présenté son permis de conduire que le loueur avait bien sûr photocopié. Un coup d'œil rapide n'avait autorisé le réceptionnaire qu'à lire le nom du village : Frétigny !

Farges, très intrigué, fonce aussitôt à Albertville. La location, réglée en liquide, n'avait pas posé de problème particulier. Le loueur, un peu penaud, présenta à Farges la photocopie du permis : le photocopieur, mal réglé et probablement en déficit d'encre, n'avait fourni qu'un document presque illisible. La photo du client était inexploitable, et les nom et adresse pratiquement indéchiffrables. Farges, furieux, invectivait vertement le loueur :

— Mais enfin, vous pourriez scanner les documents, on n'aurait pas ce genre de problème !

— Oui, mais vous savez nous ne sommes qu'une petite agence et n'avons pas toujours les équipements les plus modernes ! Et puis, jamais personne ne vérifie ces photocopies !

— Vous vous souvenez du demandeur ?

— Oui, vaguement, un homme grand et costaud, les cheveux volumineux, une barbe et de fines lunettes rondes.

Une description laissant imaginer un déguisement, pensa immédiatement Farges.

— À quelle heure exacte le locataire a pris possession du véhicule ?

— 13 heures 30.

— Quelle distance a-t-il parcourue ?

— 272 kilomètres.

— À quelle heure l'a-t-il rendue ?

— Ça, je n'en sais rien, mais à six heures lundi matin, les clés étaient dans la boîte.

— Avez-vous demandé un numéro de téléphone ?

— Oui, bien sûr,

— Veuillez noter le téléphone et le numéro d'immatriculation de la voiture.

Le loueur s'exécute et inscrit les éléments qu'il tend au capitaine.

— Comment faites-vous payer les kilomètres lorsque le client dépose la voiture un dimanche ?

— Au moment de la prise du véhicule, le client fournit un kilométrage approximatif et règle d'avance. Si le nombre est dépassé, nous envoyons une facture complémentaire à l'adresse du permis.

— Dans ce cas précis, avec un permis illisible qu'auriez-vous fait ?

Le réceptionnaire hausse les épaules et ne sait que répondre.

— Combien de kilomètres le locataire a-t-il réglés d'avance ?

— Trois cents.

À peine assis dans sa voiture, Farges appelle le numéro fourni par le loueur, et la réponse ne se fait pas attendre : « Aucun numéro ne corr… ». Une infinie frustration gagne le militaire qui raccroche nerveusement, balance son portable dans la boîte à gants, et rejoint son bureau. Il convoque l'un de ses adjoints, plus spécialisé dans la détection des faux documents. Celui-ci, à grand renfort de loupes, d'éclairages violents sous tous les angles, sachant qu'il recherche un nom de rue de Frétigny, finit par déceler une adresse. Quant au patronyme, quelques lettres plus lisibles permettent d'imaginer l'ébauche d'une identité plausible. Farges, accompagné de deux collègues, se précipite à l'adresse indiquée. Une petite copropriété proprette, bien entretenue, des voitures récentes garées dans le parking, des fleurs aux balcons, pas un papier ne traîne dans les allées. Un code en interdit l'entrée et les boîtes à lettres sont à l'intérieur. Le capitaine sonne au hasard. L'interphone grésille un peu :

— C'est pourquoi ?

— Bonjour, gendarmerie nationale, nous voulons entrer dans l'immeuble.

Un bruit de fenêtre qui s'ouvre juste au-dessus d'eux, une tête médusée apparaît au balcon.

— Je vous ouvre !

Un nom pouvant ressembler à celui difficilement déchiffré est inscrit sur une boîte à lettres. Une femme, petite, assez bien habillée, ouvre et lâche un cri d'étonnement à la vue des trois uniformes agglutinés devant la porte.

— Bonjour, madame, pouvons-nous entrer ?

Sans dire un mot, la femme s'écarte. Apparaît un homme, petit lui aussi, la bonne soixantaine, maigrichon, les cheveux gris, l'air atterré. Aussitôt, Farges imagine sa méprise. Assurément, il n'est pas au bon endroit, ce couple banal et tranquille ne respire pas le tueur en série. La femme, impressionnée, fait asseoir les visiteurs, leur propose maladroitement à boire. Farges refuse poliment d'un geste de la main accompagné d'un sourire, puis s'adresse à l'homme :

— Monsieur, avez-vous le permis de conduire ?

— Oui, bien sûr depuis déjà plus de quarante ans.

— Avez-vous déjà subi des suspensions de permis ?

Cette fois, la femme s'insurge :

— Mon mari n'a jamais perdu le moindre point ! Il conduit très prudemment, respecte scrupuleusement le Code de la route, il n'a même jamais eu la moindre amende ! Qu'insinuez-vous ?

Elle a retrouvé toute sa verve, défend bec et ongles son mari, n'admet pas qu'on puisse l'accuser d'enfreindre, si peu soit-il, la loi.

— Madame, ce n'était qu'une simple question !

Le capitaine extrait alors de sa sacoche le document collationné à l'agence de location et le présente au mari. La femme s'interpose et s'en saisit en premier.

— Mais qu'est-ce que c'est que ça ?

— Il s'agit d'un faux permis de conduire comportant vos nom et adresse !

Les deux occupants sont stupéfiés, tétanisés sur place. Ils examinent curieusement le document. La femme réagit en premier :

— Mais c'est n'importe quoi !

Le capitaine intervient :

— Connaissez-vous Henri Desroches ?

— Ah, sûrement pas ! Cet assassin, ce repris de justice ! Il ne manquerait plus que ça ! Qu'il soit une de nos connaissances !

La femme est intarissable sur le sujet, mais Farges qui n'a plus de temps à perdre la coupe brusquement :

— Où étiez-vous dimanche après-midi ?

Cette fois, c'en est trop. La propriétaire sort de ses gonds :

— Le jour du crime ? Mais qu'est-ce que vous suggérez encore ? Que l'un de nous a tué cette femme ? C'est vraiment du grand n'importe quoi !

— Madame, s'il vous plaît, répondez à la question, c'est une nécessité pour le bon déroulement de l'enquête.

— Nous n'avons pas bougé d'ici, on a regardé la télé tout l'après-midi.

— Oui, ajoute le mari, on n'est pas sortis.

Farges ne cherche même pas à affiner leur emploi du temps, sa bévue est trop évidente.

— Je vous remercie, et excusez-nous encore pour le dérangement ! Au revoir.

Les trois gendarmes rentrent en silence à la gendarmerie. Un silence lourd de sous-entendus : ils n'ont rien de tangible sur ce troisième crime, rien à évoquer entre eux pour confronter leurs points de vue. Cette enquête bute sur le néant comme les précédentes. Farges, à court d'idées, retourne rencontrer le procureur. Celui-ci le reçoit froidement, leurs relations sont difficiles. Le procureur n'invite même pas son visiteur à s'asseoir, et un léger sourire en coin :

— Alors, quoi de neuf, capitaine ?

— Rien de très nouveau, mais nous avons décelé une location de voiture suspecte pendant le week-end du crime. De plus, Desroches a été repéré dans un cybercafé cherchant des renseignements sur les loueurs. Et puis…

Le procureur le coupe brutalement :

— Ah, encore Desroches ! Décidément, vous ne lâchez pas prise malgré tous les éléments contraires ! N'opérez-vous pas une fixation malsaine sur cet homme ? Votre perquisition n'a rien donné de véritablement intéressant, mais vous persistez à le croire coupable ? Finalement quels sont les éléments factuels vous autorisant à perpétuer votre suspicion ?

— Ils sont nombreux. D'abord, l'homme est intelligent, dispose d'un QI le situant dans les 3 % les plus élevés…

— Et d'après vous tous les hommes intelligents sont des criminels en puissance ?

— Non, non, bien sûr, mais ils sont capables d'imaginer des stratagèmes dissimulant des activités répréhensibles. Et puis il a déjà commis un crime…

— Donc, pour vous tous les criminels récidiveront un jour ou l'autre ?

— Non, non, mais nous n'avons aucune autre piste.

Le ton monte entre les deux hommes, chacun campe fermement sur ses positions.

— On va faire court maintenant : pourquoi avez-vous insisté pour me rencontrer ?

Farges, fragilisé, n'ose plus formuler la demande pour laquelle il est venu. Le procureur risque d'éclater. Mais, après tout, il n'envisage aucun autre moyen de relancer l'enquête, alors le capitaine lâche calmement :

— Je suis venu vous proposer de mettre Desroches en garde à vue.

Le procureur, abasourdi par cette requête formulée en dépit de la teneur de leur conversation, hoche lentement la tête de gauche à droite, fixe son interlocuteur droit dans les yeux et rétorque calmement :

— Vous savez très bien que vous pouvez statuer seul sur une telle mesure, que votre unique obligation est de m'en informer si vous la décidez. Mais si vous étiez venu chercher un encouragement ou une quelconque caution de ma part, eh bien c'est raté ! Une telle décision, si elle ne mène nulle part, scellera définitivement votre incapacité à résoudre cette affaire, et nos hiérarchies respectives en tireront les conséquences ! Je ne vous retiens pas.

Farges quitte la pièce sans dire un mot. Un simple signe de tête marque une forme d'au revoir distant. De retour dans son bureau, ébranlé et affaibli par l'attitude du procureur, délaissant les messages de son portable ainsi que les nombreux Post-its envahissant son plan de travail, son esprit se concentre uniquement sur les crimes irrésolus. Il tente d'envisager la situation objectivement, sans parti pris, en évacuant l'hypothèse Henri privilégiée depuis le début. D'abord, ces meurtres sont-ils nécessairement le fait d'un seul et même auteur ? Tout semble le prouver : identité de lieux, âge des victimes, similitude du mode opératoire, causes de la mort, absence systématique de sévices sexuels. Mis à part le cas, bien improbable, d'un usurpateur malfaisant, un seul homme est responsable de ces funestes méfaits.

Un homme intelligent, décidé, rusé, qui ne laisse aucune trace, aucun indice permettant de remonter jusqu'à lui. Et, que ce problème soit abordé par n'importe quelle extrémité, il mène toujours au même endroit, un endroit paraissant inaccessible : Henri Desroches.

Le capitaine, tenace et entêté, mais également soucieux de ménager ses arrières, sollicite l'avis de son supérieur, le colonel dirigeant la compagnie départementale. Il trouve auprès de lui une oreille attentive, qui lui recommande la prudence, mais avalise l'idée d'une garde à vue permettant de remettre le sujet à plat depuis le début. Farges, conforté et rasséréné, convoque Henri.

— Monsieur Desroches, à partir de maintenant, 6 juin, à 9 heures 31, vous êtes en garde à vue. Nous notons que vous avez refusé l'assistance d'un avocat. Moi-même, capitaine Farges, assisté des gendarmes Verrier Alain et Marcoz François allons vous interroger.

Le caméscope posé sur la table métallique, au milieu de cette pièce dépourvue de tout autre mobilier, enregistre les conversations. Seule une chemise cartonnée rouge, posée devant le capitaine, tranche sur le noir de la table. Henri semble calme, sans émotion aucune, et dévisage ses interlocuteurs avec cynisme et arrogance. C'est lui le maître des lieux. Après avoir répondu aux questions concernant son identité, profession, adresse, et toutes les banalités prévues par la loi, on entre dans le vif du sujet.

— Monsieur Desroches, quel fut votre emploi du temps durant le week-end des 29 et 30 mai derniers ?

Henri, pas le moins du monde impressionné ou alarmé, débute calmement la narration de son week-end.

— J'ai quitté mon domicile vers 9 heures, suis allé faire quelques courses à Annecy, puis, vers 10 heures ai parqué ma voiture dans le quartier de la gare, me suis promené, et ai déjeuné vers midi dans un fast food.

Le capitaine intervient :

— Quel fast food ?

— Celui de la gare.

— Continuez !

— Vers 14 heures, ou un peu plus peut-être, je suis parti en direction d'Évian, arrivé autour de 16 heures, et pris une chambre dans un hôtel.

— Quel hôtel ?

— L'Hôtel des Cygnes. Après ma nuit à l'hôtel, je suis parti vers 10 heures en direction de Thonon, ai musardé le long du lac, suis arrivé vers midi, j'ai déjeuné dans un restaurant au bord de l'eau et suis reparti autour de 18 heures en direction d'Annecy.

— Êtes-vous rentré directement chez vous ?

— Oui.

— Par quel chemin ?

— Le chemin habituel !

— Soyez plus précis ?

— Mais vous m'énervez ! Qu'est-ce que vous voulez savoir ?

— Le chemin précis. Vous avez pris l'autoroute ?

— Naturellement comme d'habitude !

— Monsieur Desroches, veuillez détailler précisément votre route du retour ?

Henri semble déstabilisé, ne comprend pas où les gendarmes veulent en venir, mais finit par répondre :

— Bons en Chablais, Fillinges, puis l'autoroute par La Roche, le col d'Évires, Cruseilles et Annecy centre. Ça vous va ?

Le visage du capitaine s'illumine, un sourire de contentement se dessine sur ses lèvres, ses yeux perçants, à moitié cachés par les paupières, fixent intensément Henri, il se tourne vers ses adjoints dont les visages expriment la même satisfaction. Un lourd silence baigne la pièce. Au bout d'interminables secondes, Farges détache lentement ses syllabes :

— Monsieur Desroches, je vous repose ma question : veuillez détailler précisément votre chemin du retour !

— Mais je viens de vous le dire !

— Vous maintenez votre réponse !

— Naturellement !

Le capitaine s'approche de la table, y pose ses avant-bras, tend son cou vers l'avant, fixe à nouveau son interlocuteur, et, enfin, articule calmement :

— Monsieur Desroches, vous mentez !

Le visage d'Henri se ferme subitement, l'affolement s'empare de lui. Mais que se passe-t-il ? Pourquoi l'accuse-t-on de mentir ?

— Mais qu'est-ce qui vous permet de me traiter de menteur ? C'est inacceptable !

Le capitaine ouvre alors le dossier posé devant lui, et en extrait un document noirci de nombreux chiffres.

— Monsieur Desroches, vous n'êtes pas rentré de Thonon ni par le chemin que vous décrivez, ni d'ailleurs aux heures que vous prétendez. Le bornage de votre portable ce dimanche montre tout autre chose !

— Et, qu'est-ce qu'il montre ?

— Mais, c'est à vous de nous le dire !

Henri ne sait comment réagir, il ignore totalement ce qui se passe, en déduit que le trajet de son téléphone l'accuse. Son cerveau mouline à toute vitesse, envisage une parade, puis une autre, mais aucune qui puisse sembler plausible. Henri transpire à grosses gouttes, s'agite sur sa chaise, et, enfin, une idée se fait jour.

— Oui, c'est vrai, je ne suis pas rentré directement, j'ai fait un détour.

— Pourquoi nous le cacher ?

— Vous savez, un homme pratique parfois des activités peu avouables, et je veux préserver ma compagne. Alors oui, j'ai rendu visite à une femme que j'ai rencontrée il y a quelque temps.

— Qui est cette femme, et où l'avez-vous retrouvée ce dimanche ?

— C'est une femme mariée, qui a une bonne situation et des attributions communales de premier plan, je ne dirai rien qui puisse la compromettre.

— Monsieur Desroches, arrêtez de vous moquer de nous, dites-nous qui est cette femme !

— Non, non et non je ne dirai rien qui puisse lui nuire d'une quelconque façon, jamais elle ne pourra m'accuser de la trahir !

— Monsieur Desroches, vous êtes un repris de justice bien chevaleresque ?

À peine prononcée, cette phrase est regrettée par Farges, mais, trop tard, elle est enregistrée.

— Monsieur Desroches, expliquez-nous comment une femme de bon niveau peut s'intéresser à un homme comme vous ? Nous pensons que vous mentez encore. De telles personnes ont l'embarras du choix pour choisir un amant, alors pourquoi tomber dans les bras d'un assassin de votre trempe ?

Son calme retrouvé, Henri sourit béatement au capitaine.

— Ah, capitaine, vous n'y connaissez rien aux femmes ! Elles apprécient la proximité du crime, du sang, côtoyer un assassin les excite, les stimule, leur déclenche de violentes poussées d'adrénaline, les extirpe momentanément de leur vie bien réglée, de leurs paroles contrôlées, de leur retenue permanente, du quotidiennement correct. Enfin elles se laissent aller à leurs fantasmes, comme s'il ne leur restait que quelques minutes à vivre, s'imaginent dans l'antichambre de la mort, vivent intensément ces moments volés à la platitude ordinaire. Et rien n'est plus saisissant, impressionnant et grisant que le regard affolé d'une femme proche de la mort, même si celle-ci n'est pas inéluctable. Elles se soumettent, implorent la pitié et le pardon. L'improbable amalgame de l'amour et de la mort leur déclenche de violents et incontrôlables orgasmes, les transporte dans un autre monde à la fois réel et virtuel, et elles adorent ces rarissimes moments.

Henri est en sueur, les yeux dans le vague, les traits creusés, ses mains s'agitent en des gestes désordonnés, il semble ailleurs, débordé par sa frénésie. Les trois gendarmes, terrifiés par l'attitude d'Henri, son exaltation débordante, son enthousiasme malsain, cette sorte d'ivresse dévoilée sans retenue, se lancent des regards affolés. Le rapport aux femmes de cet homme relève probablement de la psychiatrie !

— Monsieur Desroches, reprenons ! Connaissez-vous monsieur Bardot ?

Henri ouvre des yeux tout ronds, dissimule mal sa surprise, semble hésiter, puis finit par répondre :

— Non, pas du tout, qui est-ce ?

Farges fixe à nouveau Henri droit dans les yeux. Un autre bras de fer s'installe entre les deux hommes :

— Il s'agit d'un habitant de Frétigny, détenteur d'un faux permis de conduire qui a servi pour louer un véhicule le week-end dernier. Or ce document, portant son nom, a été utilisé par quelqu'un d'autre. Qu'avez-vous à déclarer à ce sujet ?

Henri hoche lentement la tête de droite à gauche :

— Mais qu'est-ce que j'ai à voir là-dedans ?

— Monsieur Desroches, c'est moi qui pose les questions !

— Je ne sais pas, je ne connais pas cette personne !

— Vous en êtes bien sûr ?

À nouveau, Henri chancelle. Ce n'est décidément pas son jour. Mais il se ravise rapidement :

— Oui, je n'ai jamais entendu parler de cet homme.

Le capitaine, après un long silence, évoque le troisième point étrange concernant la conduite de son suspect :

— Monsieur Desroches, vous vous êtes rendu le 17 mai, à la sortie de votre travail dans un cybercafé, et y êtes resté un quart d'heure environ. Pour quoi faire ?

Henri découvre alors qu'il est souvent suivi, que ses faits et gestes ont peu de secrets pour les gendarmes. Ont-ils pu constater, après sa sortie, les sites qu'il a consultés ? Il l'ignore, mais, si c'est le cas, mentir ne servira qu'à l'enfoncer un peu plus. Alors, mieux vaut dire la vérité :

— J'ai consulté des sites de location de véhicules.

— Dans quel but ?

— Ma voiture rencontre quelques problèmes, je voulais connaître les possibilités de location en cas de panne.

— Mais vous n'avez consulté que des sites éloignés, souvent à plus de cinquante kilomètres, pourquoi ?

— Je voulais comparer les prix !

— Mais vous n'avez consulté aucun site à Annecy, pourquoi ?

— Si, si, il me semble en avoir consulté !

— Vous mentez encore une fois !

Henri se recroqueville sur sa chaise, baisse le nez, et riposte mollement :

— Je vous dis que si, j'ai consulté des sites sur Annecy !

Une ambiance pesante gagne à nouveau la pièce, les trois gendarmes s'éclipsent, abandonnant Henri à ses contradictions. Ils l'observent à travers la glace sans tain, il a redressé la tête, retrouvé son calme, sait parfaitement que les indices sont insuffisants pour l'incarcérer. Les trois militaires, après une longue discussion, parviennent à la même conclusion. Dans tous les cas, sa présence entre 16 heures et 19 heures, d'abord entre Thonon et Frangy, ensuite autour de cette commune, le met hors de cause. Il est matériellement impossible qu'Henri soit mêlé, de près ou de loin à cet affreux meurtre.

Desroches relit attentivement le procès-verbal de garde à vue que lui a tendu Farges, et le signe nerveusement.

— Vous êtes libre !

Henri quitte la gendarmerie en jetant un regard provocateur et courroucé à Farges. Les deux hommes se fixent un long moment, droit dans les yeux, le combat du jour s'achève sur un match nul, mais chacun rêve de le remporter lors d'une prochaine confrontation.

Recoupements

Au plus haut sommet de l'État, l'inquiétude grandit face à la situation en Haute-Savoie. Les élus locaux adressent des missives agressives aux ministres de l'Intérieur et de la Justice les sommant de prendre des décisions enfin susceptibles d'enrayer cette accumulation de drames. La population, de plus en plus angoissée, restreint ses déplacements, se cloître le soir, hésite même à ouvrir la porte aux visiteurs connus. L'épouvante se propage sans limites. Les journaux distillent jour après jour les comptes rendus d'audition qui se retrouvent comme par magie sur la place publique. Deux clans s'opposent en permanence : les pro et les anti-Henri. Ceux qui le croient innocent, arguant à juste titre qu'aucun élément factuel ne l'accuse, et ceux qui l'imaginent assez pervers pour parvenir à masquer ses forfaits, même si rien n'accrédite cette thèse. Les deux groupes s'apostrophent rudement par courrier des lecteurs interposé. La vie d'Henri et de sa compagne tourne au cauchemar, elle perd l'un après l'autre ses petits boulots, ses connaissances se détournent d'elle, une muraille d'exclusions achève de la marginaliser. Henri subit le même sort, ses collègues de travail ne sollicitent plus ses conseils, le petit cercle d'amis qu'il avait réussi à constituer le rejette brutalement, lui aussi plonge dans la solitude et l'abandon. De nombreux habitants, écœurés par la situation, créent une association de défense du couple, à laquelle adhèrent des milliers de citoyens compatissants.

Au ministère de l'Intérieur, l'impatience s'amplifie d'heure en heure. De réunion en réunion, il a alors été décidé de créer une nouvelle cellule de crise, basée à Annecy, et dont l'objectif assigné est de reprendre à zéro les enquêtes, de disséquer l'intégralité des documents, de rechercher le moindre indice ayant pu échapper aux gendarmes, de traquer la moindre omission, d'explorer la moindre piste abandonnée à l'époque par manque de temps ou de moyens. Les journalistes locaux, loin de saluer l'initiative, rapprochent cette cellule de celle créée deux ans plus tôt au même endroit, et qui n'avait livré aucun résultat. Certains, bien informés, rapportent même que trois enquêteurs de l'ancienne cellule figureraient dans la nouvelle ! Et d'en conclure, hâtivement probablement, que le résultat sera identique : le néant !

Mis au travail, les nouveaux venus décortiquent patiemment l'intégralité des documents accumulés : près de trois mètres de haut d'auditions, de rapports, de constats. Les nombreux déplacements d'Henri, notamment, sont repassés au crible. L'un des enquêteurs, particulièrement consciencieux et probablement doué d'une rarissime intuition, compara les déplacements d'Henri lors de ses nombreuses excursions à Thonon. Plus d'une centaine en deux ans, et un élément curieux l'interpella : la plupart de ses après-midis passés sur les berges du Léman déclenchaient un relais téléphonique situé près du bord, et couvrant ainsi les rives du lac. Mais, en épluchant méticuleusement les relevés, il s'aperçut qu'à trois reprises, le portable d'Henri était localisé beaucoup plus loin du lac, détecté par un relais dont la portée maximum se terminait à environ trois kilomètres du bord. Pas de quoi sauter de joie, après tout, certains jours, Henri visitait peut-être tout simplement les hauteurs de la localité. Pourtant, l'enquêteur nota consciencieusement sur un post-it, les trois dates correspondantes : 13 novembre 2018, 15 avril 2019 et 30 mai 2021. En visite à la cellule, Farges remarqua le post-it collé au coin du bureau.

— Ah, vous avez noté les dates des crimes ?

L'enquêteur ne put retenir un léger cri d'étonnement, dévisagea longuement le capitaine, et lâcha soudainement :

— Mais non ! Ce sont les dates auxquelles le portable de Desroches n'a pas borné sur le relais habituel de ses visites à Thonon !

Farges est troublé et ébranlé. Mais que signifie cette coïncidence ?

— Et, le portable borne-t-il sur différents relais lors des autres visites ?

— Non, toujours sur le même !

Le capitaine n'y comprend rien, ignore comment interpréter cette correspondance, qui ne peut pas n'être qu'un vulgaire concours de circonstances. Non, autre chose se fait jour, mais quoi ? À ce stade, un seul aboutissement s'impose : convoquer Henri et lui demander des explications.

— Monsieur Desroches, lors de vos visites à Thonon, et à trois reprises, correspondant aux jours de crime, vous vous garez très loin du lac, et vous ne venez jamais jusqu'au bord, pourquoi ?

— Mais, certains jours, je visite les hauts de Thonon !

— Pourtant, lors de vos précédents interrogatoires, vous avez affirmé qu'à chaque déplacement vous aviez fréquenté des bars au bord de l'eau ! Pourquoi nous dites-vous autre chose aujourd'hui ?

Henri s'énerve, commence à transpirer. Le capitaine, qui commence à bien le connaître, sait que ce signe extérieur marque un embarras certain.

— Mais je ne me rappelle plus ! Et puis, vous savez, certains jours, les parkings proches du lac sont inabordables, alors je me gare plus loin !

— Non, monsieur Desroches, nous avons envisagé cette hypothèse, les gendarmes locaux ont fait des relevés : même les jours de grande affluence, il est toujours possible de trouver une place à moins de cinq cents mètres du lac. Et ces places ne bornent jamais sur le relais éloigné du bord !

Henri est décomposé sur place, la transpiration s'intensifie, ses yeux inexpressifs marquent son désordre intérieur, il ne sait quoi répondre, puis lâche nerveusement :

— Je ne vous dirai pas où je vais lorsque je me gare loin du bord. Ma vie privée ne vous regarde pas !

— Ah, vous allez encore désigner une femme, mais celle-là vous nous l'avez déjà faite !

— Croyez ce que vous voulez, je m'en fous !

Henri baisse le nez et se mure dans le silence. Les multiples tentatives de reprise de l'interrogatoire ne mènent à rien. Farges et ses collègues se concertent. Cette coïncidence, très troublante, est-elle suffisante pour incarcérer Desroches ? À l'évidence non, et le risque d'être à nouveau accusé de parti pris incite à contrecœur le capitaine à prendre la décision :

— Vous pouvez y aller !

À nouveau, regard provocateur, demi-sourire figé accompagné d'une moquerie à peine dissimulée. Henri se lâche !

Farges est persuadé d'avoir mis le doigt sur un élément déterminant dans l'enquête, mais comment avancer à partir de cette révélation ? Il l'ignore ! Pourtant, une possibilité s'installe dans son esprit. Mais, là encore, il pourra être accusé de harcèlement à l'encontre de cette famille. Pourtant, après mûre réflexion, Farges décide de convoquer Évelyne. Surprise par cette requête imprévue et, afin de le ménager, elle n'en parle même pas à Henri.

— Madame Lacour, où vous trouviez-vous le dimanche 30 mai ?

Évelyne réalise alors que le crime commis ce jour-là est bien la raison de sa convocation, mais d'ici à lui mettre sur le dos, elle ne comprend pas.

— J'étais à Lyon chez ma mère.

D'évidence déçu de la réponse, Farges ne peut plus poser aucune question sur l'emploi du temps d'Henri, mais c'est sans importance. Cette évocation ne servait que d'entrée en matière pour passer un message à Évelyne, et tenter ainsi de déstabiliser son couple.

— Comment qualifieriez-vous vos relations avec Henri actuellement ?

Le regard interrogateur d'Évelyne manifeste son étonnement, quelle drôle de question ?

— Mais très bonnes, sans problèmes !

— Ce que j'ai à vous révéler est délicat, et ne vous méprenez pas sur mes intentions, je cherche juste à comprendre certains agissements de votre compagnon. Êtes-vous certaine qu'Henri n'a pas d'autre femme que vous dans sa vie ?

Cette question ravive brusquement les soupçons fugaces qu'Évelyne a nourris à plusieurs reprises, mais écartés par la suite.

— Non, je ne crois pas, rien en tous cas ne me laisse penser cela.

— Pourtant, madame, Henri nous a affirmé le contraire !

Évelyne est secouée, décomposée, elle se rebelle :

— C'est faux, Henri n'a pas pu vous dire ça, vous prétendez n'importe quoi pour me faire du mal, pour nous nuire, c'est une honte !

— Madame, non seulement Henri nous l'a dit, mais il l'a même écrit et signé !

Ce faisant, le capitaine ouvre le dossier posé devant lui et exhibe la déposition d'Henri qu'il tend à Évelyne. Elle hésite à s'en saisir, finit par l'attraper du bout des doigts et lit de loin. Au fur et à mesure, elle se tasse dans son siège, quelques larmes glissent sur ses joues, elle les essuie d'un revers de main, repose le document sur la table, se lève, lance un regard cinglant au capitaine, et sort sans mot dire. À peine assise dans la voiture, elle éclate en sanglots, la tête posée sur le volant. L'incompréhension la submerge, pourquoi Henri l'a-t-il invitée à vivre durablement à Frétigny ? Avec une autre femme dans sa vie, il lui était tellement plus facile de perpétuer la vie d'avant qui lui garantissait une certaine liberté de mouvement ? Et elle, qu'avait-elle raté ? Que manquait-il donc à Henri pour chercher ailleurs ? Quelle erreur avait-elle commise ? Soudainement, la terreur l'assaille : si Henri la repoussait, elle perdrait tout. Une seule décision s'impose : ne rien dire à Henri et tout faire pour le reconquérir.

Accélération

Nous sommes le mercredi 30 juin, il est 9 heures. La cellule de crise œuvre toujours intensément. Le dernier crime remonte maintenant à un mois, et l'enquête reste au point mort. Les faits et gestes d'Henri durant le funeste week-end ont été passés au crible, vérifiés, contrôlés, sa présence à l'Hôtel des Cygnes à Évian confirmée par le personnel. Mais le capitaine tourne et retourne dans son esprit cette histoire de voiture de location. Henri a consulté des sites de location distants, et une C3 a été louée à Albertville grâce à un faux permis, et en fournissant un numéro de téléphone fantaisiste. Alors, une idée se fait jour :

— Allô, l'Hôtel des Cygnes ?

— Oui, bonjour, qu'y a-t-il pour votre service ?

— Votre établissement dispose-t-il d'un parking privé ?

— Oui, tout à fait.

— Est-il muni de caméras de surveillance ?

— Oui, l'entrée du parking est filmée en permanence.

— Auriez-vous conservé les enregistrements du week-end du 30 mai ?

— Mais qui êtes-vous, monsieur ?

— Le capitaine de gendarmerie Farges.

— Ne quittez pas, je me renseigne.

Au bout de deux longues minutes :

— Vous avez de la chance, nous conservons les enregistrements un mois, et ils devaient être détruits ce soir !

— Dans quelques heures, la brigade d'Évian viendra récupérer ces disques, gardez-les précieusement !

— Oui, oui, c'est bien noté.

14 heures. Les gendarmes d'Évian débarquent à Faverges munis des précieux enregistrements. Le visionnage commence. Farges et ses deux adjoints, collés l'un contre l'autre, scrutent consciencieusement le petit écran. La bande passe en accéléré, depuis le 29 mai à 14 heures jusqu'au 30 à midi. À chaque voiture rouge, le défilement est arrêté et repassé à vitesse normale. Mais, au bout de deux heures d'examen, il faut se rendre à l'évidence : aucune Clio rouge, ni n'a pénétré, ni n'est sortie du parking. Farges est perturbé : certes, ce n'est pas une preuve formelle, Henri a très bien pu stationner sa voiture à l'extérieur, mais tout de même, pourquoi aurait-il fait cela alors que la caméra montre des places disponibles dans le parking ? … Il est 16 heures 30, et le capitaine demande à ses adjoints de repasser les bandes afin de vérifier à tout hasard si une C3 blanche est entrée dans l'hôtel. De son côté, seul dans son bureau, renversé au fond de son fauteuil, les deux mains sur la tête, dans sa position favorite, Farges réfléchit longuement. Cette histoire de voiture l'embarrasse profondément. Et il existe un autre moyen de surveiller a posteriori le parcours d'Henri. Le dimanche soir, il a effectué le trajet Thonon-Frangy, son portable en témoigne. On connaît à la minute près à quelle heure les relais successifs sont déclenchés. Plusieurs caméras de surveillance jalonnent l'itinéraire… Farges saute sur son téléphone :

— Allô, le peloton de surveillance routière ?

— Oui !

— Ici le capitaine Farges, brigade de Faverges, avez-vous encore les bandes du dimanche 30 mai, de la caméra placée sur la D1508, à une dizaine de kilomètres à l'est de Frangy sur un rond-point ?

— Oui, aucun problème.

— Quelqu'un peut-il me les apporter maintenant à Faverges ?

— Euh, il est déjà 17 heures, le service s'interrompt…

— Et si j'envoie un messager les chercher, il peut être sur place dans une demi-heure !

— Euh, je ne sais pas…

À l'apogée de son excitation, Farges n'accepte pas ces tergiversations. Il veut les éléments tout de suite, il lui est impossible d'attendre le lendemain.

— Écoutez, c'est très important, je me permets d'insister.

— Bon, je fais le nécessaire pour que quelqu'un accueille votre coursier !

— Merci beaucoup !

Aussitôt, Farges appelle la cellule de crise, demande les relevés du téléphone d'Henri et exige qu'on lui apporte de suite. Certes, le capitaine pourrait se rendre sur place, et étudier les documents avec les enquêteurs. Mais, en cas de succès, celui-ci serait partagé, et le capitaine rejette férocement cette éventualité…

19 heures. Le capitaine et ses deux adjoints décortiquent les relevés téléphoniques. Le relais qui arrose le rond-point disposant de la caméra couvre 11 kilomètres de la D 1508. Le portable d'Henri est entré dans cette zone à 17 heures 34, et en est ressorti à 17 heures 43. Soit 9 minutes de voyage pour parcourir 11 kilomètres, ce qui fait 73 kilomètres-heure de moyenne. Henri a donc nécessairement suivi cette route, car s'il avait emprunté un autre parcours, lui aussi couvert par le relais, par un itinéraire de montagne, il lui aurait été impossible de le réaliser en 9 minutes. Le visionnage des bandes commence, les heures s'affichent en bas d'écran, défilent rapidement. Arrive 17 heures 30, Farges fait réduire la vitesse de défilement. Les minutes se succèdent, la Clio rouge ne devrait pas tarder… mais elle n'arrive pas ! Farges est perplexe, désorienté. Il demande à revisionner les enregistrements, peut-être que quelque chose leur a échappé :

— Regardez également s'il passe une C3 blanche ! lance-t-il à ses collègues.

L'examen reprend, à vitesse lente, une trentaine de véhicules défilent sur l'écran pendant ces 9 minutes, mais ni Clio rouge, ni C3 blanche ! Les trois, incrédules, s'observent silencieusement et amorcent des gestes de déconvenue. Aucun ne comprend, mais il faut pourtant se rendre à l'évidence : le portable d'Henri est passé sur cette route le 30 mai entre 17 h 34 et 17 h 43 mais pas sa voiture ! impossible, incompréhensible ! Subsiste-t-il des erreurs soit dans les heures ou les dates de bornage du téléphone ou des bandes vidéo ? Cette probabilité est très faible. Quelque chose cloche sérieusement !

— Repasse-nous la bande une troisième fois !

Lors de ce passage, les trois scrutent chaque voiture filmée.

— Arrête, arrête ! Recule un peu et relance au ralenti !

Le capitaine s'approche à 20 centimètres de l'écran : apparaît une Golf plutôt ancienne, d'un gris délavé avec deux personnes à bord et le rétroviseur droit qui pend lamentablement.

— Stop ! Nom d'un chien, mais je connais cette voiture !

Le capitaine exulte, gesticule, lève les bras au ciel, devant ses collègues interrogateurs. L'immatriculation est illisible mais Farges est sûr de lui : c'est la voiture du voisin d'Henri, qu'il a vue plusieurs fois garée dans l'abri jouxtant le garage.

— Mais qu'est-ce que c'est que ça, qu'est-ce que ça veut dire !

Il est déjà 20 heures 30, mais il faut en avoir le cœur net.

— On y va !

La voiture fonce sur la route, Frétigny n'est qu'à un quart d'heure, les trois sont silencieux, nerveux, impatients. Farges se gare au milieu de la cour, avance à grands pas en direction de l'abri. Aucun doute, la voiture est là, le rétroviseur droit pendant piteusement le long de la portière. D'un geste bref, Farges désigne l'entrée de la maison mitoyenne. Il sonne, on ouvre : une femme initie un mouvement de recul à la vue des trois militaires.

— Bonjour, madame, pouvons-nous entrer ?

Elle s'écarte, laisse entrer les trois hommes.

— Pouvez-vous appeler votre mari, s'il vous plaît ?

Bastien, attiré par les bruits de voix entre dans la pièce.

— Bonjour, pourriez-vous nous parler de votre journée du 30 mai ?

Bastien, très surpris par la question, réfléchit un moment :

— Ah, oui, le jour de la fête des Mères ! Nous sommes partis vers 10 heures en direction de Thonon…

Farges le coupe brutalement :

— Thonon, Thonon, mais qu'alliez-vous faire à Thonon ?

— Voir ma mère qui réside là-bas dans un établissement spécialisé.

Le capitaine lâche un grand soupir en levant les bras au ciel.

— Continuez, s'il vous plaît !

— Nous sommes arrivés vers midi, avons déjeuné avec ma mère dans le restaurant de l'institut, sommes repartis vers 16 heures 30, arrivés à Frangy à 18 heures pour fêter la mère d'Aline qui réside là-bas. Puis retour vers 19 heures 30 à Frétigny.

— Avez-vous remarqué si une voiture vous suivait pendant votre parcours entre Thonon et Frangy ?

— Non, mais pourquoi cette question ?

— Il semble que votre voisin ait suivi le même chemin que vous ce jour-là ! Et exactement à la même heure !

Les trois gendarmes s'apprêtent à prendre congé. Après les formules d'usage, le capitaine prend Bastien par le bras, et avec un sourire :

— Pensez à faire réparer votre rétroviseur, c'est un élément de sécurité important et puis vous risquez une amende !

— Oui, oui, vous avez raison, surtout qu'il est dans cet état depuis qu'Henri m'a vendu la voiture.

Farges, qui avait déjà pris le chemin de la porte, se ravise brusquement :

— Votre voiture appartenait à Desroches ?

— Oui, il nous l'a vendue il y a deux ans environ, juste après sa sortie de prison.

— Ah, bon !

Farges et ses deux compères quittent Frétigny et retournent à la caserne. En chemin, le capitaine tente de comprendre la déambulation du portable d'Henri, mais sans résultat. Pourtant l'étau se resserre autour de lui. Le visionnage supplémentaire de la caméra du parking de l'hôtel des Cygnes a montré l'arrivée d'une C3 blanche le samedi en début d'après-midi et son départ le dimanche à 10 heures. Les heures, justement, auxquelles Desroches avait admis ses arrivée et départ. Il avait probablement loué cette voiture, s'était rendu à Évian à son bord, et encore une fois, pourquoi ?

Farges, précautionneux, décide de faire surveiller la maison d'Henri. De nombreuses vérifications d'horaires auront lieu demain, mais s'il s'avère coupable, mieux vaut anticiper un désir de fuite de sa part. Deux véhicules et quatre hommes sont envoyés sur place dès 22 heures.

Autour de 2 heures du matin, Évelyne ne dort toujours pas, n'arrête pas de gigoter, ce qui finit par réveiller Henri.

— Mais, qu'est-ce que tu fais, tu ne dors pas ?

Évelyne ne répond pas, commence à sangloter, s'approche d'Henri, le serre dans ses bras, longuement, intensément, et, soudain, la question fuse :

— Depuis combien de temps tu me trompes ?

Henri est stupéfait :

— Tu dis n'importe quoi, jamais je ne t'ai trompée ! Tu m'entends, jamais !

Henri paraît sincère, mais Évelyne ne peut le croire, reste silencieuse, pleure intensément maintenant. Non seulement Henri est volage, mais il lui ment effrontément. L'espace d'un instant, elle pense mettre un terme à la conversation, rester sur la dénégation de son amant et tenter de reprendre une vie normale. Mais l'émotion l'emporte…

— Tu me mens, je le sais !

— Non, non, je te jure qu'aucune autre femme n'existe dans ma vie, il n'y a que toi, je t'aime profondément, je veux finir ma vie avec toi ! Il n'y a que toi qui comptes !

Évelyne ne sait plus que penser mais veut aller au bout de l'explication.

— J'ai vu ta déposition à la gendarmerie, tu as avoué avoir rencontré une femme dans la soirée du dimanche 30 mai, alors arrête de me mentir et, pour une fois, dis-moi la vérité !

Évelyne hausse le ton :

— Pourquoi m'as-tu fait ça ! Je ne l'ai pas mérité ! J'ai toujours été honnête avec toi, alors pourquoi ? Pourquoi ? Réponds-moi !

Henri serre longuement Évelyne contre lui, l'embrasse tendrement malgré ses esquives, se met lui aussi à pleurer. Leur silence s'éternise, puis, au bout d'un long moment et en détachant ses mots :

— Je ne t'ai jamais trompée, je te le jure, mais, comment te dire cela, ce dimanche je n'étais pas à l'endroit où les gendarmes imaginent ma présence ! Je me trouvais ailleurs, à proximité d'Albertville, dans une voiture qui n'était pas la mienne, et…

Évelyne le coupe brutalement :

— Mais, que veux-tu me dire, je ne comprends pas, ce n'est tout de même pas toi qui…

Henri lui met la main sur la bouche, ne lui permet plus de s'exprimer malgré ses gesticulations. Progressivement, Henri desserre son étreinte et Évelyne balbutie d'une voix blanche.

— Tous ces crimes, c'est toi ?

Henri ne répond pas, pleure à chaudes larmes, Évelyne ne croit pas un mot de l'aveu de son amant concernant le dimanche après-midi. Pour elle, il essaie de faire diversion, d'occulter son infidélité.

— Tu racontes encore n'importe quoi. Jamais je ne t'aurais cru capable d'endosser des crimes pour dissimuler ta fourberie ! Tu vas trop loin, tu ferais mieux de me dire la vérité ! Après tout, si tu m'expliques, je serai peut-être capable de comprendre !

Henri tient toujours Évelyne dans ses bras, lui caresse les cheveux, dépose des bisous sur ses joues. De grands hoquets le secouent, les larmes baignent son visage. Durant de longues minutes, il reste silencieux, puis, tout à coup :

— Je vais te dire la vérité, mais elle ne sera pas facile à entendre pour toi, bien pire que si je t'avouais une infidélité.

Évelyne est pétrifiée, le sang s'arrête de couler dans ses veines. Immobile et affolée, elle attend les paroles d'Henri. Soudain, il se lance :

— Le jour de la fête des Mères, je n'ai pas passé la journée à Thonon. J'en suis reparti vers midi.

Évelyne proteste :

— Mais enfin ton portable a été tracé à l'aller le samedi après-midi et au retour sur ce trajet le dimanche à partir de 16 heures 30 !

— Oui, à l'aller il était dans ma voiture, avec moi, mais pas au retour !

— Comment ça ?

— Au retour, il était dans une autre voiture que la mienne ! Moi, j'étais reparti bien avant !

L'affolement assaille Évelyne. Son corps se met à trembler, Henri la serre violemment pour tenter d'endiguer le phénomène, mais rien n'y fait. Elle bascule dans le néant, dans l'imprévisible, sa vie perd tout son sens, sa raison d'être, elle est au bord d'un précipice sans fond, la chute sera terrible. Henri, après un long soupir, reprend son récit :

— Tu as droit à toute la vérité. Le samedi matin, je suis passé à la banque, j'y dissimule mon faux permis, ma fausse barbe et mes lunettes dans un coffre que je loue. Puis, départ pour le parking de la gare. Une caméra surveille l'entrée mais pas les stationnements. Je me suis déguisé, ai laissé mon portable dans la Clio, suis sorti à pied du parking par l'escalier qui débarque directement dans la gare routière, puis ai pris le bus d'Albertville, où j'ai loué une voiture, une C3 blanche, avec laquelle je suis revenu à Annecy. Il était alors 14 heures. J'ai récupéré mon portable dans la Clio, ôté mon déguisement que j'ai rangé dans la boîte à gants de la C3. Puis, je suis parti pour Évian avec cette voiture, ai passé la journée et la nuit là-bas. Le lendemain matin vers 10 heures, départ pour Thonon. Je savais que Bastien et Aline déjeunaient à la maison de retraite, ils m'en avaient parlé quelques jours plus tôt. Vers midi, après avoir retrouvé leur voiture dans le parking de l'établissement, j'ai ouvert la porte avec la clé précieusement conservée et glissé mon portable sous le siège conducteur, en prenant bien soin d'annuler tous les sons, de désactiver le vibreur. Puis je suis reparti pour les environs d'Albertville, me suis à nouveau grimé sur une aire de l'autoroute et puis, et puis…

Henri s'interrompt, pleure intensément, inconsolable, anéanti, désespéré. Évelyne tente de le calmer, le cajole, le caresse, mais sans réussite.

— Enfin, vers 18 heures, j'ai déposé la voiture, mis les clés dans la boîte, repris le bus pour Annecy, retrouvé ma Clio, ôté mon grimage, et suis revenu à Frétigny. Quelques minutes plus tard, Bastien et sa femme arrivaient également. J'ai ouvert sa voiture garée sous l'abri et récupéré mon téléphone. Le lendemain, j'ai remis le permis et le grimage dans le coffre à la banque.

Évelyne est effarée, mortifiée, sa vie bascule. L'homme dont elle est pleinement dépendante va probablement être arrêté, jugé, et condamné à une longue, très longue peine. Que va-t-elle devenir ? En fermant les volets vers 23 heures, elle a aperçu la voiture des gendarmes stationnée devant la maison, donc ils surveillent leur domicile et aucune fuite n'est possible.

— Mais, enfin, Henri, pourquoi ? Pourquoi ?

Henri prend son temps, puis poursuit son monologue :

— Lors du premier crime, pour lequel j'ai été condamné, le jusqu'au-boutisme m'a conduit là où je ne voulais pas aller, mais, curieusement, une certaine jouissance m'a envahi au moment de passer à l'acte. Tuer m'a enthousiasmé, procuré une immense satisfaction, une sorte d'orgasme non maîtrisé. L'espace d'un instant, dans le regard affolé de cette femme, j'ai entrevu ma mère, et, au bout du compte, c'est elle que j'ai tuée ! C'est elle qui a payé ses errements et ses renoncements à travers cette femme que je ne connaissais pas.

— Mais ta mère est morte depuis des années, tu le sais bien !

— Oui, mais une partie de moi n'a jamais accepté cette réalité, refuse d'admettre l'évidence, a toujours souhaité faire payer à ma mère ses agissements coupables. Elle est morte par lâcheté, n'a pas assumé mon abandon, n'a jamais expié ses comportements criminels par certains côtés, m'a ainsi privé de ma vengeance, à aucun moment je n'ai pu faire le deuil de cette femme veule et irresponsable qui a volontairement quitté la vie. Après ce premier crime, de violentes pulsions m'assaillaient régulièrement, même pendant mes huit années d'incarcération. Je m'en suis ouvert au médecin de la prison, qui m'a prescrit des calmants, mais n'a pas dû faire remonter l'information, sinon ma sortie aurait probablement été accompagnée d'une obligation de soins. Et puis, au bout de quelques semaines de liberté, la vue de jolies femmes courant au bord de l'eau a réveillé mes bas instincts, je devais absolument tuer ma mère, il m'était impossible de passer outre. Lorsque j'ai proposé ma voiture à Bastien, pour un prix dérisoire, j'ai intentionnellement conservé une clé, le scénario était déjà bien avancé dans ma tête. La demande du faux permis à Didier en représentait l'ultime préparatif.

— Mais pourquoi demander des congés le vendredi précédent et le lundi suivant ?

— À l'époque, je louais des véhicules très loin, à deux ou trois cents kilomètres, afin qu'aucune recherche ne puisse mener jusqu'à moi. Je procédais exactement de la même façon, sauf que j'allais chercher la voiture, en train, le vendredi et la ramenais le lundi. Entre-temps, elle était garée dans le box loué. L'une d'elles devait avoir une fuite. Le mardi, je fourrais à nouveau mon grimage et mon faux permis dans mon coffre à la banque. Tout était bien calculé, mesuré, mais les aléas ont fini par m'accuser.

— Pourquoi, après avoir longtemps refusé, m'as-tu proposé de vivre avec toi ici ?

— Après mes deux nouveaux crimes, et le troisième déjoué, j'avais finalement tué ma mère, mes pulsions avaient disparu, un certain calme s'installait en moi, un équilibre, précaire peut-être, se faisait jour. Pendant un an de ta présence ici, la vie fut belle, agréable, on ne me recherchait plus, je pouvais t'aimer sereinement, paisiblement, et tu me le rendais bien. Un futur tranquille et heureux se dessinait, mais, le jour où tu m'as annoncé partir une semaine à Lyon pour la fête des mères, quelque chose s'est à nouveau rompu en moi, une pulsion violente m'a secoué, et, dès cet instant, je savais que je tuerais ma mère le 30 mai.

Le silence s'installe dans la chambre. Épuisé par sa longue confession, Henri s'est endormi. Collée contre son dos, Évelyne pleure toutes les larmes de son corps. Les dernières paroles de son amant la plongent dans un profond désespoir : Henri l'a pratiquement accusée d'avoir réveillé ses obscurs tourments, d'être à l'origine de ce dernier assassinat. Évelyne ne s'en remet pas. Elle ne peut plus rien pour Henri, il va être arrêté et emprisonné pour des dizaines d'années. Comment va-t-il supporter ce nouvel enfermement pratiquement définitif ? Certainement très mal, sa vie aura perdu tout son sens. Et elle ? Que va-t-elle devenir ? Sans logement, sans ressources, ayant perdu le seul homme qu'elle aura vraiment aimé, qui s'est occupé d'elle, qui l'a choyée, aimée, consolée, sortie de sa misérable condition. Infranchissable et incontournable, un immense mur noir se dresse devant elle, et une marche arrière s'avère impossible. Elle serre longuement Henri dans ses bras, dépose de légers baisers sur sa nuque, lui parle à voix basse.

Le jour pointe son nez, une aube sale et grisâtre, comme souvent autour du lac à la fin du mois de juin. Évelyne se lève discrètement, sans gestes brusques, ouvre sa table de nuit, en retire son sac à main qu'elle dépose sur le bord du lit, plonge la main à l'intérieur et caresse cet objet froid, lisse et luisant qu'elle traîne assidument depuis des années, dernier reliquat de son lointain passé aventureux et dangereux. Puis elle s'immobilise à nouveau contre son amant, le câline paisiblement. Ces derniers instants près de lui la remplissent d'aise, elle jouit intensément de ces moments volés au temps, elle ne s'appartient plus, son corps et son esprit, dépouillés de tout espoir, s'envolent vers le néant…

Six heures. Le capitaine monte lentement les quelques marches du perron, s'assure de la présence proche de ses adjoints, et cogne fermement à la porte :

— Gendarmerie nationale, ouvrez !

Aucune réponse, mais, trois secondes plus tard, une sourde détonation déchire le calme matinal.

— Abritez-vous, on nous tire dessus !

Farges se recroqueville contre le mur, les autres se protègent du mieux qu'ils peuvent.

— Personne n'est blessé ?

Des signes de dénégation rassurent Farges.

Les voisins accourent de toute part, le capitaine leur intime de s'éloigner. Deux minutes plus tard, une seconde détonation laboure l'atmosphère. Puis plus rien. Un insupportable silence s'installe. Plus aucun bruit n'émane de la maison. Farges a compris, pressent le drame qui vient de se nouer. Il connaît la topographie des lieux, fait signe à un collègue. À l'aide d'un escabeau, l'un des gendarmes grimpe furtivement le long du mur, et, avec un pied de biche, fracture le volet qui craque et s'entrouvre légèrement. À son tour, Farges monte les quelques marches, passe précautionneusement la tête sous le volet, jusqu'à observer l'intérieur. Le faisceau de sa torche balaie lentement l'obscurité de la chambre, le papier peint vieillot, le lustre poussiéreux, et enfin s'attarde sur le lit. Les deux corps sont là, encore enlacés, baignant dans une mare de sang. Le pistolet est toujours dans la main d'Évelyne. Une vision d'horreur, de crânes éclatés, de désolation humaine. Farges réprime difficilement un haut-le-cœur, baisse la tête et descend en tremblant les quelques marches. D'un signe de ses deux mains s'agitant à plat, il informe ses collèges du drame qui vient de se produire. Il n'est même plus nécessaire de pénétrer dans la maison, les spécialistes de l'identité judiciaire s'en chargeront.

Assis sur les marches du perron, les coudes sur les genoux et le menton au creux des mains, le capitaine, immobile, le regard dans le vague, tente vainement de comprendre. Comprendre pourquoi cette chasse à l'homme entamée depuis des années se termine dans le sang alors qu'un tout autre dénouement était envisagé. Depuis des mois, Farges fantasmait sur le nouveau procès d'Henri, rêvait de l'affronter une dernière fois, de le voir enfermé dans sa cage vitrée, sous les regards accusateurs des familles de victimes et d'un public revanchard. Il s'imaginait à la barre des témoins, en uniforme d'apparat, droit, fier, respecté, les cheveux gominés, assimilé à un surhomme, celui qui a mis fin aux méfaits de l'étrangleur du lac, qui a rendu sa quiétude à toute une région, qui a finalement mieux réussi que l'équipe pourtant réputée du commissaire Martin, celui qui a mis la honte au front de deux cellules de crise successives composées de spécialistes d'exception. Il supputait une montée en grade imminente, le début d'une carrière fulgurante. Mais non, l'écroulement brutal de cette magnifique réalité virtuelle plongeait au contraire le capitaine dans un abîme d'interrogations et de regrets. Pourtant, envers et contre tous, il avait eu raison. Depuis le début, son intuition pointait vers Desroches et c'était bien lui ! Quelles erreurs avait-il pu commettre ? Pourquoi ne pas l'avoir arrêté en début de nuit ? Les présomptions de culpabilité et les risques de dérapages étaient-ils suffisants pour intervenir en dehors des heures habituellement accordées ? Évelyne l'avait-elle tué par jalousie ? Farges regrettait amèrement d'avoir sciemment dévoilé l'audition de Desroches avouant un adultère finalement inexistant. Mais, à l'époque, le capitaine ignorait que cet aveu n'était qu'un mensonge de plus ! Et puis, surtout, ce troisième crime aurait-il pu être évité ? Oui, probablement, une étude plus approfondie des déplacements du portable d'Henri lors des 2 premiers assassinats aurait permis de déceler des anomalies révélatrices, mais le manque de temps et de persévérance avaient involontairement saboté l'enquête.

Un bruit de moteur extirpe le capitaine de ses cogitations. Le procureur débarque. Pas un sourire, pas un mot, une molle poignée de main en guise d'accueil. Le magistrat pointe la maison du doigt :

— Ils sont toujours là ?

— Oui.

— L'identité judiciaire n'est pas encore arrivée ?

— Non.

Le procureur s'approche, tapote doucement l'épaule du capitaine, geste de compassion probablement, tourne les talons et regagne sa voiture en silence.

Mes remerciements à Marie Françoise Boutillon pour la création du visuel de couverture.

Imprimé en France
Achevé d'imprimer en août 2023
Dépôt légal : mai 2023

Pour

Le Lys Bleu Éditions
40, rue du Louvre
75001 Paris